KB143093

평으로 평하다

발 행 | 2019년 4월 1일
지은이 | 정종윤 외
발행인 | 신중현
펴낸곳 | 도서출판 학이사

　　　　출판등록 : 제25100-2005-28호
　　　　주소 : 대구광역시 달서구 문화회관11안길 22-1(장동)
　　　　전화 : (053) 554~3431, 3432
　　　　팩스 : (053) 554~3433
　　　　홈페이지 : http :// www.학이사.kr
　　　　이메일 : hes3431@naver.com

ISBN _ 979-11-5854-175-0   03800

詩으로 平하다

정종윤 외 지음

學而思 │ 학이사

책의 바람 : 글쓰기

'책 그리고 글쓰기는 사고-기계.'

프랑스의 철학자 들뢰즈는 독서와 글쓰기로 얻을 수 있는 것이 무엇인지 짧은 언명으로 설파했다. 재치 넘치는 철학자의 말은 독자들로 하여금 마치 '생각하지 않을 수 없도록' 하는 무시무시한 세뇌 기계 장치 같은 것을 연상하도록 한다. 과잉된 표현과 오해를 즐기는 들뢰즈답다고나 할까.

들뢰즈의 표현을 들지 않더라도 누구나 책을 읽으며 무언가 고민한다. 『이방인』을 읽으며 현대인의 내면을 고민할 수도 있고 『호밀밭의 파수꾼』을 읽으며 사춘기 청소년의 고민을 함께 할 수도 있을 것이다. 덧붙여 글까지 남긴다면 까뮈나 샐린저와 함께 무슨 생각을 했는지 보여주는 것이리라.

쉬운 일은 아니다. 하지만 책으로 남겼다는 것은 작가가 그만큼 다른 사람이 읽어주길 바랐다는 뜻이고 자기 책을 차근차근 읽어 함께 고민한 것을 글로 보여준다면 세상 어떤 작가라도 크게 기뻐해 주리라. 들뢰즈도 자기 책들을 누군가가 읽어주고 '생각하게 만드는 기계'가 되는 바람을 언명에 담았던 것은 아닐까.

어느덧 학이사 서평 아카데미가 5기 수료를 맞이했다. 본고의 글들은 아카데미 회원들이 문무학 선생님과 함께하며 남긴 고민과 노고의 흔적이다. 이 면을 빌려 열성적인 강의를 펼치신 문무학 선생님께 다시 한 번 감사의 말씀을 올린다. '사고-기계'와 함께 하는 지난한 과정을 감내한 회원들에게도 경의를 표한다. 덧붙여 책을 계기로 지역의 독서 문화에도 자그마한 변화가 이루어지길 희망해 본다.

정종윤

기행문

좋은 책이
펼쳐놓은
생각의 길

맵다

『홑』, 문무학, 학이사

강여울

　"꼭꼭 씹으면 안 맵다."는 아버지의 말에 나는 혼이 쏙 빠질 정도의 매운 맛을 일찍 경험했다. 아무리 씻고 헹구어도 입안이 얼얼하던 매운 맛은 다음날 항문까지 따갑게 자극했다. 이렇듯 온몸을 훑어 내리는 고통에도 불구하고 나는 매운 맛을 좋아한다. 맵고, 쓰고, 차고, 뜨겁게 혀를 자극하는 음식을 선호하는 이유가 뭘까? 아마도 나 자신이 게으르고 미적지근해서가 아닐까 싶다. 청양고추처럼 영혼에 자극을 주는 종이책에서 오르가슴을 느끼는 이유도 마찬가지다.

매워서 콧물 눈물이 나고, 가슴이 뛴다. 자연과 인간과 문화를 108개의 '한 음절 말'을 소재로 쓴 문무학 시집 『홑』을 읽은 때문이다. 손 안에 쏙 안기는 맵시가 예쁜 책이다. 표지가 눈길을 끈다. 절벽 바위에 누운 소나무, 그 위에 날개를 펼친 학이 서 있다. 고개를 하늘로 든 학과 갓 쓴 학자의 모습이 겹쳐 보이는 글자 '홑'의 디자인이다. 책을 좋아하지 않는 사람에게 선물해도 좋아할 것 같다. 크기와 디자인, 펼치면 한 쪽을 한눈에 다 읽을 수 있는 한 편의 시, 옆쪽의 영문 번역은 덤이다.

얼마 전 우연히 인터넷에서 '최초의 홑 시조집'이라는 문구의 책 광고를 봤다. 최초라는 말이 거슬렸다. 이건 아닌데 싶었다. 문무학 시집 『홑』보다 일 년도 더 늦게 출판된 책이었다. 최초라는 말을 붙이지 않았을 뿐 문무학 시집 『홑』이 그보다 훨씬 앞서 나온 홑 시집인 까닭이다. "시의 형식으로는 시조의 종장을, 시의 소재로는 '홑 말'로 작품을 쓰기로 작정, '홑 시'라 이름 붙였다."고 『홑』 시집 '시인의 말'에서 한자의 홑 글자가 아닌 한글의 "홑 말을 소재로 홑 장으로 쓴 시다."고 밝혔다.

거의 반세기를 시조와 함께 살아온 문무학 시인의 시조 사랑은 남다르다. 『홑』은 얼핏 보면 시조의 형식을 벗어난 것 같지만 시조의 형식에서 가장 빼어난 종장만을 취해 버린 작품집이다. 짧지만 결코 짧지 않은 시다. 홑말 언어를 깎고 깎아 그 정수를 뽑아놓았다. 손 안에 가볍게 들어오는 책이지만 묵직한 사유가 느껴지는 이유다. 시조의 형식미를 사랑하는 저자의 꿈이 담긴 이 책은 2016년 독일 프랑크프루트국제도서전과 중국 베이징국제도서전, 일본 동경국제도서전에도 출품되었다.

책의 크기로만 본다면 새롭지는 않다. 그러나 디자인이나 제본, 가독성이 뛰어나다. 그보다 더 빼어나게 마음을 사로잡는 것은 역시 책의 내용이다. 『홑』은 책 자체도 예술이지만 내용이 재미있다. 옆으로 늘여 쓰면 원고지 한 줄도 안 되는 짧은 글이지만 긴 이야기다. 여름날의 마당 분수처럼 시원하고 유쾌하다. "아무리/ 움켜쥐어도

// 너의 것은/ 손금 뿐 -「손」." "내 그늘/ 비춰낼 빛은/ 오직 내 맘 뿐이다 -「빛」", 불 켠 듯 마음이 환해진다. "낮은 곳/ 굽어 살펴라// 높은 곳에/ 해 떴다 -「낮」", 끄덕이게 한다.

이 책은 시조 뒤에 「한국 정형시 실험 역사와 새로운 정형시 모색 양상」이라는 제목의 시인의 시론을 실어놓았다. "시는 응축과 은유이다. 시는 원초에 대한 본원에 대한 투시이고 직관이다. 시는 거짓과 가짜에 대한 진실을 이야기하고자 하며, 일상의 무덤에 대해 그것을 늘 새롭게 깨어있게 만든다. 그리하여 시는 낯익은 것들을 낯설게 한다. 인간과 세계가 가진 다양한 의미와 가치를 환기시켜주고 재인식시켜준다.", "시인은 쌓는 자이며 동시에 허무는 자이다.", "시인은 몸인 동시에 마음이다."

영혼이 고개를 든다. "호미로/ 밑줄을 긋던// 울 엄마의/ 책 한 권 -「밭」", 하늘을 본다. "인간의/ 몸집에 숨긴// 서늘한/ 신의 칼 -「얼」", 칼에 찔린 듯 움찔한다. "이만

큼/ 많이 모인 것,// 세상에는/ 없어라 -「몸」", 부르르 떤
다. "뼈들아!/ 옷을 입어라.// 나만 반쯤/ 벗겠다 -「이」"
허허 웃는다. "너 있어/ 나뿐이라는 말// 내버릴 수/ 있구
나 -「뿐」", 고개를 끄덕인다. "하나가/ 아닌 것들은// 모
두가 다/ 가짜다 -「홑」", 정말? 흉내를 낸다. 받침이 튼튼
하다 홑, 홀로여도 괜찮다.

아버지의 참말과 거짓말을 구별할 수 없던 다섯 살, 처
음 맛본 매운 고추처럼 『홑』은 영혼의 오감을 자극한다.
그 여운이 길다. 열다섯 자 내외의 글자들로 버무린 시들
이 싱싱하다. 바람과 비와 햇볕이 안으로 스며든 듯 얼얼
하게 쏘아대는 따가운 속맛이 있다. 씹을수록 오지게 맵
다. "추어라,/ 춤을 추어라// 추한 것들/ 춥도록 -「춤」" 시
인의 눈에 포섭된 홑 말들이 부활해 춤을 춘다. 움직임이
크다. "꽉 눌러,/ 슬픔은 원래// 고갤 자주/ 쳐 들어 -
「꽉」". 시시한 맛 다 잊게 한다.

오직 책

『내 책을 말하다』, 학이사, 신중현

|

강 여 울

'별난 책'이다. 저자 60인이 한꺼번에 자신의 책을 알리는『내 책을 말하다』를 읽고 별난 책이란 말에 고개를 끄덕인다. 도서출판 '학이사學而思'가 창사 10주년 기념으로 저자들에게 '책의 집필 계기와 내용, 출간 후의 반응, 출판사에 하고 싶은 말'을 받아 묶었으니 발간한 책들의 홍보도 된다. 더러 타계한 저자는 책에 실린 해설이 감회를 대신하고 있다. 순차적으로 읽거나 저자명 순으로 읽거나 장르별로 모아 자유롭게 읽어도 아무 문제가 없다. 60권의 책을 읽은 듯 뿌듯한 포만감을 맛볼 수 있다.

'학이사'는 신중현 대표의 '대구 지역에서 세상을 놀라게 할 큰 바람을 책으로 불러일으키겠'다는 자부심에 걸맞게 '제37회 출판학회상 기획·편집부문'을 수상했다. 문무학 박사는 추천사에서 '기술적으로야 다 할 수 있는 일이지만 마음이 없고, 아이디어가 없으면 해낼 수 없는' 일이라며 사은謝恩, 개선改善, 기여寄與의 의미가 있는 별난 책이라고 했다. 또, 이문학 한국출판학회 회장은 '지역에서 꾸준하게 독서의 힘만을 믿고 좋은 책을 만들어 보급에 힘쓰고' 있다고 칭찬한다.

책의 차례는 저자명의 가나다순이고, 문학, 비문학에 관계없이 본문은 출간 순으로 돼 있다. '이제는 중국의 부모들과 함께 읽는다'고 하는 『부모의 생각이 바뀌면 자녀의 미래가 달라진다』-윤일현 지음-, '대구사진 역사의 맥락을 추정한 작은 사진사 이야기'인 『대구사진 80년-영선못에서 비엔날레까지』-강위원 지음-, '자장면과 짜장면, 어떤 말이 더 땡기나요?'하고 묻는 『자장면이

아니고 짜장면이다』 -민송기 지음-. 등 지적 재미를 주는
비문학과 동시, 시, 수필, 소설 등 문학 장르도 다양하다.

  '40년이 걸린 이 한 권의 책' 『교실에서 온 편지』 -김
종근 엮음- 이 호기심을 자극한다. 교직 생활 동안 제자
들에게 받은 편지를 묶은 책이다. 손 편지가 거의 사라진
요즘 2500통의 편지를 읽는 선생님은 얼마나 행복할까.
덩달아 행복해지고 싶다. '우리의 만남은 시시한 만남'
『나는 CCTV다』 -김미희 엮음-도 미소 짓게 한다. '내가
돈을 주면/ 자판기는 돈을 먹고/ 나는 자판기가 준 음료
수를 먹는다/ 자판기와 나는 물물교환을 했다 -「자판
기」천안 불당초 4년 이선호- '시시詩詩한 만남'이 부러
워진다.

  책 읽기가 즐거워진다. 스스로 '글 써서 밥벌이하는 사
람'이라고 한 방지언은 "평균 이하로 어설프고 모자란
제가 이 무지막지한 세계에서 여태껏 안 죽고 배긴 이유
라면 오직 하나, 그럭저럭 보호 장치를 갖추고 있던 까닭

이라고 생각합니다. 보호 장치란 건, 바로 '독서' 입니다."-389쪽- '품위 있는 삶을 위하여' 『책冊을 책責하다』- 정화섭 외 지음- '우리가 책을 책하는 것은/ 책 읽는 친구를 구하는 것이고/ 책 읽자고 권하는 것이고/ 그리고는/ 정말 책을 책할 수 있게 되기를 바라는 것이다.' -318쪽-

책은 저자와 출판사 그리고 독자가 함께 만든다. 필자도 수 년 전에 책을 내려고 했다. 그러나 본의 아니게 자꾸 미뤄지다 포기한 숙제처럼 사장되었다. 책 출간이 좌절되면서 글과 등졌다. "물 들어올 때 배 띄워라"-366쪽- 가슴이 울먹울먹한다. 문학 밖에서 웃으며 행복하다고 말하지만 가슴 한쪽에 전율하는 통점이 고개를 든다. "글도 묵혀두면 헌 집처럼 퇴락한다.", "아마도 내 이름으로 된 책을 펴내지 않았다면 글쓰기에 대한 진지한 고민이나 자의식을 가지지 않았을 것이다." 『책을 통해 세상 속으로』-이경희 지음-

'오직 책을 통해 세상 깊숙이 파고들 것' 이라는 출판사

대표가 믿음직스럽다. 자식인 양 책에 쏟아 붓는 저자들의 애정을 헤아리고 '오직 책'만 생각하는 출판사가 대구에 있다는 것이 감사하다. 덕분에 '애써 가꾸던 화초,/ 이파리 다 뜯겨 화가 난 주인한테/ 민달팽이 온몸으로 남긴/ 한 줄짜리 반짝이 편지// 미안하지만, 열심히 사는 중이에요. -287쪽- 손인선 동시 『민달팽이 편지』- 행복하게 책 구입 목록에 몇 권을 넣는다. 한 권으로 읽는 60권의 책, 『내 책을 말하다』는 참 친절하고 '별난 책' 임이 분명하다.

시와 놀다

『누구나 누구가 그립다』 문무학, 학이사

강 여 울

참 잘 논다. 어떤 일이든 그것에 빠져서 미치게 되면 고생도 놀이가 된다. 한 축제장에서 공과 링이 음악에 맞춰 공중제비 하는 저글링을 보고 걸음을 멈추었다. 음악이 끝나자 저글리스트는 구경하는 한 아이를 가운데 세워놓고 여섯 개의 곤봉을 주고받았다. 아이를 피해 빠른 속도로 오가는 곤봉을 보고 사람들은 박수를 치며 환호했다. 공연이 끝나고 아이의 아빠가 기념사진을 찍을 수 있도록 저글리스트는 재밌는 포즈를 취해 주며 아이의 용기를 칭찬했다. 이어진 불꽃 저글링도 손에 땀을 쥐게 했다.

그들은 손에 잡은 것을 잘도 갖고 놀았다. 무엇이든 놀이처럼 하면 쉽고, 그것은 보는 사람에게도 감탄과 재미를 준다. 유형이든 무형의 것이든 그것을 잘 갖고 노는 사람이 확실히 성공하는 듯하다. 나이가 들수록 더 멋스럽게 익어가는 사람은 대체적으로 잘 노는 사람이다. 놀이가 주는 즐거움이 발전소가 되는 것인지 젊을 때보다 나이 들어 내면의 활력이 더 넘치는 듯한 사람이 있다. 노는 법도 가지가지, 그는 말과 글로 저글링을 하는 것 같다. 책에 가둔 글은 활자에 불과하지만 독자와 만나면 숱한 말로 신출귀몰해진다.

일찍이 그는 이런 말과 글의 낮과 밤을 파악하고, 밤낮으로 그를 안고 업고 뒹굴었음이 분명하다. 글이 되는 낱말들이 그의 눈에 포섭되면 낱낱이 해부되어 날아가기도 하고, 재건돼 뛰거나 공중제비도 한다. 눈을 뗄 수 없는 저글링, 그는 말 저글리스트다. 낱말을 연구하고 분석하고 다시 조립한다. 그렇게 다시 만들어진 글은 그에게서 노래가 되고, 그림이 되고, 조각이 되고, 자연이 되기도 한다. 그런 것들이 모여 독자에게 가서 놀라움과 감동을 준다. 우리가 일상 쓰는 말과 글로 구성된 시집은 그의 놀이집이다.

잘 논다는 것은 중심이 바로 섰다는 말이다. 중심이 흔들리는 사람은 잘 놀 수가 없다. 문무학 시집『누구나 누구가 그립다』를 읽으면 근본이 튼실하고, 아름다운 그의 중심이 보인다. 그의 중심은 글이다. 글의 기본이 되는 낱말을 떼었다 붙였다 뒤집어 보는 그의 놀이가 이 시집 첫 장에서 펼쳐진다. 다섯으로 나뉜 주제별 제목만 보아도 그의 삶은 곧 말과 글이라는 것이 느껴진다. 오감을 연 그의 일상이 놀잇감이란 것도 알게 된다. 1. 낱말을 맛보다 2. 예술을 읽다 3. 그리움을 던지다 4. 자연을 듣다 5. 삶을 만지다

뿐만이 아니다. '문화국 예술광역시 문학구 시조로 3-6' 정형시 주소를 검색하는 그의 시론도 산문시다. 시인의 말만 시이고 안에 실린 시들은 힘들이지 않고 하는 말

같은 시집도 세상에 흔한데 이 시집은 시인의 말과 시론도 다 시라서 맛있다. '오늘을 산다는 건/ 내일의/ 그리움을 만드는 일// 내일, 나는/ 그 어떤 일이 아니라/ 그 누구를/ 그리워하고 싶다' -시인의 말- '두 개의 구가 한 장을 이루고, 세 개의 장이 모여 시조 한 수가 된다. 이것이 바로 시조의 집이다.' 이렇게 정형시 주소를 말하는 사람이 또 있을까.

입 꼬리가 올라간다. 시집을 읽노라면 쉬지 않고 놀잇감을 찾는 그가 보인다. 그는 프로다. 음악을 듣고, 오페라 관람을 하고, 자연이란 학교에 다니고, 책을 많이 읽는다. 문득 그가 잘 노는 건 애인처럼 여기는 책이 있어서란 생각이 든다. 그는 대단한 다독가다. 나이 들수록 그의 얼굴이 환한 것은 날마다 새로 태어나는 많은 책의 기운을 받아서일 거다. 사람을 만나고 사는 데 바빠 시 마을 담 밖이나 기웃거리는 필자에게도 재미와 위로를 주는 시집이다. '사람을 만나는 일이/ 시보다 더/ 시 같아라' -시와 사람-

주만과 경신의 이야기

『무영탑』, 현진건, 애플북

김 광 웅

아사달과 아사녀의 설화를 바탕으로 쓰여진 역사장편 소설「무영탑」. 이 소설은「운수 좋은 날」,「B사감과 러브레터」,「빈처」등으로 많이 알려진 한국 사실주의 문학의 선구자 현진건이 1938~39년 동아일보에 연재한 것을 책으로 엮은 것이다. 신라는 불국사의 석탑을 만들기 위해 백제의 석공 아사달을 부른다. 그러나 아사달이 3년이 넘도록 집으로 돌아오지 않자 그의 아내 아사녀는 그를 찾아 신라로 떠난다. 갖은 고생 끝에 불국사에 도착했으나 탑이 완성되기 전에는 들어갈 수 없다는 말을 들는다. 그 대신 탑이 완성되면 영지에 탑의 그림자가 비칠 테니 그때 들어오라는 말을 듣는다. 아사녀는 탑의 그림자를 보기 위해 매일 영지에 가지만 끝내 그림자를 보지 못하고 그리움에 사무쳐 영지에 빠져 죽고 만다. 탑을 완성한 후 이 사실을 알게된 아사달마저 결국 영지에 빠지고 만다. 여기까지가 우리가 알고 있는 '아사달 - 아사녀 설화'다.

여기에 현진건은 설화에 없는 인물을 등장시킨다. 바로 주만과 경신이다. 신라 귀족의 딸인 주만은 백제 석공 아사달을 처음 본 순간 사랑에 빠지고 만다. 이는 신분의 차이를 뛰어넘는 파격적인 행동으로 당시의 제도, 관습 하에서는 허용되지 않는 것이었다. 그러나 주만은 자신의 의지와 선택에 따라 적극적으로 삶을 살아가려한다. 마지막에는 죽음도 불사한다. 경신 또한 신라의 귀족으로 당시 당나라를 추종하는 당학파가 대세인 신라에서 고유의 화랑도를 끝까지 지키려 하는 청년으로 등장한다. 이 소설이 쓰여진 시기를 감안하면 마치 주만은 신여성의, 경신은 독립투사의 이미지가 오버랩된다. 현진건은 일제강점기, 우리 국민들이 우유부단하고 나약한 아사달과 아사녀처럼 살아 나라를 빼앗겼으니 이제는 각성하자고 한다. 즉, 여자는 자기주장이 강하고 적극적인 주만처럼, 남자는 당시로서는 외세의 상징인 당나라 유학파 금성 일당을 물리친 경신처럼 살아서 일본을 물리치고 나라를 되찾자고 한다. 그래서 당시 신문 독자들 또한 이에 호응하고 열광했으리라.

그리고 본래 설화에서는 아사달이 당나라 석공으로 나오지만 현진건이 이를 백제인으로 바꿔놓았다. 아마 사대사상을 극복하고 민족고유의 정신을 강조하며, 또한 지역 간 갈등을 해소하고 민족통합을 이루고자 하는 의도로 보인다. 이는 "서로 싸운 것도 생각을 해보면 뼈가 저릴 노릇인데 지금도 그런 감정을 품고 있어서야 될 말인가.… 앞으로 큰일을 하려면 그네들과 손을 잡고 한 덩어리가 되어야 될 것 아닌가"라고 하는 경신의 말에서 알 수 있다. 아마 현진건이 경신의 입을 빌려 우리 민족에게 던지는 메시지로 보인다.

이 소설은 여느 서정시보다 화려한 시적인 표현이 많고, 아사달이 아사녀와 주만 사이에서 갈등하는 장면, 주만이 아사달을 생각하는 장면, 아사녀가 아사달을 그리워하는 장면 등 인물의 감정묘사가 탁월하다. 또한 매 페이지마다 지금은 사용되지 않는 우리 고어의 아름다움을 느낄 수 있다. 비록 소설의 주된 테마가 사랑이지만 당시 기울어가는 신라사회에서 계층간의 갈등, 신분제 동요, 사회적인 부패상을 고발한 현진건의 작가정신 또한 곳곳에서 엿볼 수 있다.

오늘날 여전히 한국은 열강들에 둘러싸여 있고 우리의 운명을 그들에게 맡길 수밖에 없는 처지다. 민족화합을 통해 스스로 힘을 길러 외세를 물리치고 자신의 자유의지대로 적극적인 삶을 살아가자는 교훈은 지금도 여전히 유효하다.

과연 역사란 무엇인가?

『역사란 무엇인가』 E. H. Carr, 김택현 번역, 까치

김 광 웅

역사 교과서 첫머리에 항상 등장하는 그분의 그 책이다. 책 내용은 모르더라도 역사란 '현재와 과거의 끊임없는 대화'란 말은 들어본 적 있을 것이다. 이 책은 영국 외교관으로 20년간 근무한 후 대학교수와 언론인으로 재직했던 E. H. Carr가 1961년 1월부터 3월까지 캠브리지 대학에서 강연한 내용을 엮어 출간한 것으로 우리나라에서는 1980~90년대 대학에 입학하면 으레 선배들이 읽어야할 책이라며 던져주던 것이다.

책은 역사가와 그의 사실들, 사회와 개인, 역사, 과학

그리고 도덕, 역사에서의 인과관계, 진보로서의 역사, 지평선의 확대의 총 6장으로 구성되어 있다.

19세기는 역사에 대한 관점이 크게 독일의 역사가인 랑케의 실증주의 사관과 이탈리아 역사가인 크로체의 주관주의 사관으로 나누어진다. 즉 역사를 도덕화하는 것에 반대하며 역사가의 임무는 단지 역사가 실제로 어떠했는가를 보여주는 것이라는 랑케의 견해와 모든 역사는 현대사이며 역사가의 임무는 기록하는 것이 아니라 평가하는 것이라는 크로체의 견해가 그것이다. Carr는 이 두 견해의 중립적인 입장을 취한다.

'역사가와 역사의 사실은 서로에게 필수적이다. 자신의 사실을 가지지 못한 역사가는 뿌리가 없는 쓸모없는 존재이고 자신의 역사가를 가지지 못한 사실은 죽은 것이며 무의미하다. 따라서 역사란 역사가와 그의 사실들의 끊임없는 상호작용 과정, 현재와 과거 사이의 끊임없는 대화라는 것이다.'

- p 46

사실과 해석, 객관성과 주관성에 대한 절충적 견해이다. 1장의 결론이자 이 책 전체의 결론이기도 하다.

　저자는 역사를 연구하기에 앞서 역사가를 연구해야 하며 역사가를 연구하기에 앞서 그의 역사적, 사회적 환경을 연구하라고 한다. 역사가는 개인이면서 또한 역사와 사회의 산물이므로 역사를 공부하는 사람은 이 두 가지 관점에서 역사가를 바라보는 법을 배워야 한다는 것이다. 가령 사마천의 『사기』를 연구하려면 사마천에 대해 공부해야 하며 사마천이 살았던 시대인 한나라의 시대상황, 사마천이 왜 투옥되었는지, 왜 감옥에서까지 아버지 사마담에 이어 『사기』를 저술할 수밖에 없었는지를 먼저 알아야한다는 것이다.

　또한 저자는 역사가의 임무는 역사의 인과관계를 수립하는 것이며 역사의식의 문제에 있어서 역사가의 통찰력이 시간의 흐름에 따라 깊어지고 넓어지므로 역사는 진보하는 과학이며 단순히 직진하는 것이 아니라 역전과 이탈과 중단을 겪으면서 시·공간적인 차이를 두고 진보하는 복수의 진보과정이라고 본다.

이 책은 최근 우리 사회에서 두 번 이슈가 되었다. 영화 「변호인」에 등장했고, 국정교과서 문제가 발생했을 때 우리 사회가 역사에 대해 진지하게 생각하는 데 도움을 주었다. '역사란 무엇인가'에 대해 지금은 Carr의 견해가 정설인 듯하지만 여전히 랑케나 크로체의 견해를 지지하며 절충적 입장을 취하는 Carr를 비판하거나 조건부로 찬성하는 이도 많다. 따라서 역사란 무엇인가에 대한 해답은 각자가 찾아야 할 것이다. 번역상의 문제와 우리에게 익숙하지 않은 유럽의 역사가 예시로 많이 제시되어 책장이 잘 넘어가지 않지만 시간을 두고 끝까지 읽어보면 시류에 휩쓸리지 않는 역사에 대한 나만의 견해를 정립하는데 도움이 될 것이다. 시간이 없다면 1장만이라도 읽어보길 권한다.

저녁이 있는 삶

『남아 있는 나날』, 가즈오 이시구로, 민음사

김 광 웅

노벨문학상을 받은 일본인은 몇 명 있을까? 1968년 가와바타 야스나리, 1994년 오에 겐자부로 2명이 있다. 이 책의 저자는 '가즈오 이시구로'. 그렇다면 3명인가? 아니다. 1954년생인 가즈오 이시구로는 5세때 영국으로 이주하여 현재 영국 국적을 가지고 있다. 국적을 바꾸었는데도 일본식 이름을 그대로 사용한 것은 신선한 충격이다. 외국에서는 영어식 이름을, 한국에서는 한국식 이름을 사용하는 많은 우리나라 교포들과 비교된다. 과연 이들의 정체성은 무엇인가? 외국인인가, 한국인인가? 과연 이들도 한국의 판소리를 들으면 감흥이 일어나고 한국의 자연을 보면 감정의 변화가 생길까? 가즈오 이시구로처럼 최소한 이름이라도 본래의 것을 고수해야 자국민이라는 정체성을 인정받을 수 있지 않을까 생각해본다.

한 사내가 있다. 이름은 스티븐슨, 아버지를 따라 영국 저택의 집사로 일하고 있다. 스티븐슨의 주인 달링턴경이 죽자 저택이 미국인 패러데이에게 팔리고 스티븐슨 또한 일괄매매된다. 그리고 새 주인은 스티븐슨에게 일주일간의 휴가를 준다. 이 책은 스티븐슨이 일주일간 영국의 여러 지방을 여행하면서 보고, 느끼고, 경험한 것을 기록한 것이다. 하루 단위로 챕터가 나누어져 있고 영국 자연풍광에 대한 묘사가 뛰어나다. 그리고 1989년 맨부커상을 받은 작품이기도 하다.

스티븐슨은 시종일관 집사로서의 품위를 말한다. "품위는 자신이 몸담은 전문가적 실존을 포기하지 않을 수 있는 집사의 능력과 결정적인 관계가 있다. 모자라는 집사는 약간만 화가 나는 일이 있어도 사적인 실존을 위해 전문가로서의 실존을 포기하기 마련이다" 이러한 생각을 소설이 끝나는 시점까지 고집스레 이어간다. 그리고 집사로서의 의무를 다하기 위해 아버지의 임종을 지키지 못하고 주인의 말 한마디에 아무런 잘못이 없는 유태인 하녀들을 쫓아내며 켄턴 양의 사랑을 받아주지 않은 등의 행동으로 표현된다. 스티븐슨의 이러한 전문가적 품위는 흡사 한눈팔지 않고 대대로 가업을 계승하는 일본인의 장인정신을 떠올리게 하지만, 유연성과 융통성이 부족하다는 비난을 받을 수밖에 없다.

셋째 날 저녁 스티븐슨은 데번주의 작은 마을에 들러 해리 스미스라는 청년을 만난다. 스티븐슨은 여기서도 품위를 말하지만, 해리 스미스는 품위에 대해 스티븐슨과 다른 입장을 보인다.

"노예상태에서는 결코 품위를 갖출 수 없습니다. 우리가 싸운 이유도 그거고 마침내 얻은 것도 바로 그것입니다.… 우리는 태어나면서부터 자유인으로서 자신의 견해를 마음껏 표현하고 투표로 의원 나리들을 의사당에 앉혔다 빼냈다 할 수 있으니까요. 그게 바로 진정한 품위입니다." 즉, 진정한 품위는 자신의 소신을 버리고 무조건

시키는 대로 하는 것이 아니라 자유의지를 가지고 자신의 의사를 당당하게 표현하고 행동하는 것에서 나온다고 한다. 저자가 해리 스미스의 입을 빌려 진정한 품위에 대해 말하는 듯하다.

여섯째 날 저녁 스티븐슨은 선창가에서 한 노인을 만난다. 전직 집사였다고 하는 노인. 툭툭 던지는 말에서 고수의 품격을 풍긴다. "그렇게 뒤만 돌아보아선 안 됩니다.… 그래도 앞을 보고 전진해야 하는 거요", "즐기며 살아야 합니다. 저녁은 하루 중 가장 좋을 때요" 노인이 스티븐슨에게 하는 말이지만, 이 또한 작가가 노인의 입을 빌려 독자들에게 저녁이 있는 삶, 변화하는 삶, 발전하는 삶을 살 것을 당부한다. 이에 스티븐슨은 "내가 뭔가 가치 있는 일을 하고 있다고 믿었지요. 나는 실수를 저질렀다는 말조차 할 수 없습니다. 여기에 정녕 무슨 품위가 있다는 말인가 하고 나는 자문하지 않을 수 없어요."라고 평생을 바이블처럼 간직했던 품위에 대해 의문을 품는다. 그러나 스티븐슨은 노인의 말에는 공감하지만, 변화되는 삶이 두려워 변화를 거부하고 어떻게 하면 새로운 주인을 더 잘 모실 수 있을지를 고민하는 등 다시 전과 같은 일상으로 돌아가며 소설이 마무리된다.

　자유로운 생각을 가진 미국인 주인도 스티븐슨이 집사로서 충직하고 믿음직스럽지만 한편으론 고지식한 면 때문에 일부러 여행을 권하지 않았을까 생각한다. 그리고 소설은 자신을 변화시키고 발전시킬 수 있는 일생일대의 기회를 포기하고 변화가 두려워 다시 일상으로 돌아가는 스티븐슨을 통해 독자들도 이러한 행동을 한 적이 없는지 스스로 반성해보라는 묵직한 메시지를 던진다.

　또한 이 소설은 안소니 홉킨스와 엠마 톰슨 주연의 영화로도 제작되었다. 영화도 같이 보면 소설의 재미를 한층 더 느낄 수 있을 것이다.

내면의 환기창으로 밀려드는 햇살

『먼 날의 무늬』, 정화섭, 알토란북스

김 남 이

　오랫동안 가슴과 눈길로 적어온 말과 생각을 시인은 드디어 품에서 떼어내 책으로 묶었다. 등단 이후 12년 만이지만, 등단 전에도 크고 작은 문학상 수상이 이 시인에게 있었음을 생각할 때 그야말로 오랫동안 품어온 말과 생각들의 나들이가 아닐 수 없다. '긴 세월 돌처럼 굳은 너를 딛고 남은 생을 추적하고 싶' 다는 시인의 서문에 절로 고개가 끄덕여지면서 어떤 무늬를 딛고 다시 어떤 무늬가 그려질 것인지 기대하게 되는 『먼 날의 무늬』.

　사오십 여 년간 그럴듯한 무늬를 그려오던 인생들이

삶의 중반을 넘어서면서 삐뚤빼뚤 중심 잃은 행보로, 끝내 추하고 난삽한 무늬를 찍고 마는 예를 언론에서 흔하게 접하는 요즘이다. 이러할 때 정화섭 시인의 이 시집 제목은 더욱 의미심장에게 와 닿을 수밖에 없다. 시인의 뇌리에는 일찍부터 새겨져 있었던 듯하다. 세상과 사람들을 마주하는 하루하루의 자세가 한 달이 되고 일 년이 되고 일생이 되어 한 사람의 인생 무늬로 남는다는 인식이.

봄날, 해묵은 김치 통을 비운다
곳곳에 얼룩덜룩 피멍을 곁들여서
이력서 찬찬히 썼다, 이름 없는 낙관들

장독대 올려놓고 다시 한번 바라보니
햇살이 핥아주고 바람이 쓰다듬어
깊었던 상처의 흔적 노을처럼 머문다

먼 훗날 아픈 가슴 치유해줄 묘약도

어쩌면 저 햇살과 또한 바람이거늘

내 그때 보여줄 무늬 그마저도 없다면

- 『먼 날의 무늬』 전문

　한낱 김치 통도, 얼룩덜룩 피멍의 날들 살아낸 상처의 흔적을 햇살과 바람에 힘입어 노을처럼 그려놓고 있음을 포착한 표제작이다. 만만치 않은 세상의 우여곡절을 겪는 가운데서도 한 줄기 청량한 바람이나 햇살 같은 내면의 환기로 아름다운 인생의 무늬를 그리고 싶은 시인의 속내가 보인다. 이는 미투 운동이 점점 확산되는 이즈음의 세태가 반영된 독법만은 아닐 것이다. 시인이 그리고 싶어하는 삶의 무늬가 시집 전체를 관통하는 까닭이다.

　정화섭 시인은 2005년 제1회 백수 정완영 전국 시조 백일장 장원으로 등단한 시조 시인이다. 내면의 사유를 정형화된 틀 속에 때론 다져넣고 때론 펼쳐놓고 때론 띄워올린 83편의 시가 5부로 나눠져 실린 시집, 이 집에는 일상과 자연과 깊은 사색과 음악·미술 등의 예술에서 건져올린 시편들이 정제된 언어로 살고 있다. 시인이 먼 날에

자신에게서 피어날 어떤 무늬를 생각하며 가까이 했을
음악, 그리고 읊지 않을 수 없었을 시 한 편을 더 보자.

세상을 돌아앉아

늪 속에 얼굴 묻으면

낯선 곳 어디선가 꽃잎은 떨어지고

돋아난 혓바늘처럼

아릿한 선율 있다.

밑동 잘린 바람 앞에

누가 누구를 떠나는가

소멸, 소멸의 순간 명치끝에 포개질 때

감겨진 뜨거운 눈물

오선지를 적신다.

- 『자클린의 눈물』 전문

　슬프고 아름다운 첼로 선율에서 시인은 '낯선 곳 어디
선가 꽃잎은 떨어지' 는 광경을 본다. 슬픈 음악으로 대표

되는 곡을 온몸으로 듣고 언어로 풀어내는 시인일진대, 그 먼 날의 무늬가 어떨지는 누구나 짐작하는 바가 비슷할 것이다. 젊은 날의 얼룩덜룩한 이름 없는 낙관들을 지나 점점 맑고 투명해져가는 시인의 무늬를 거울처럼 오래 들여다보아야겠다. 먼지에 가려진 이쪽의 무늬가 어렴풋이 드러날지도 모른다.

욕망을 넘어 기다리는 너, 혹은 나

『나비와 불꽃놀이』, 장정옥, 학이사

|

김 남 이

서른다섯 살의 남자가, 7년간 식물인간 상태로 병원에 누워 있는 아내를 두고 바다로 떠난다. 소설은 그렇게 끝이 난다. 여기서는 아무것도 할 수 없다고, 돌아올 때 쯤 아내가 반갑게 맞아주길 바라며 원양어선을 타는 주인공. 아이를 낳다가 의료 사고로 몸도 마음도 옴짝달싹할 수 없게 된 아내 병상을 지킬 수밖에 없게 됐을 때 그는 이십대 후반이었다. 젊은이에게 이토록 가혹한 상황을 설정하고 그가 어떻게 살아가도록 하려는 것인지 작가의 의중이 궁금하지 않을 수 없는 소설이다.

'놀이의 정신이야말로 인류를 위대하게 만드는 그 무엇이고, 위대한 과제를 대하는 방법으로 놀이보다 좋은 것을 알지 못한다' 는 니체의 말을 작가는 인용한다. 놀이의 유희적인 개념을 살려 삶의 긍정과 해학적인 의미를 이 소설에 담으려 했지만 여러 면에서 많이 힘들었다는 작가, 장정옥은 1957년생 여성이다. 고전을 읽으며 작가의 꿈을 키웠고, 1997년 매일신문 신춘문에 등단 후 2008년에 여성동아 장편소설 공모에 『스무 살의 축제』가 당선되어 첫 책을 가졌다고 한다.

 그리고 10여 년 후에 나온 소설이 『나비와 불꽃놀이』이다. 이야기는 두 개의 서사 축으로 진행된다. 불법도박장 맨홀과 그 곳 운영자인 민, 그리고 거기서 한탕을 꿈꾸는 도박꾼들로 그려지는 어둠과 욕망의 세계가 그 하나이다. 다른 한 축은 암울한 현실에서도 제자리를 지키기 위해 나름의 방법을 모색하고 고민하는 '나' 의 삶의 여정이다. 그리고 밝고 구김 없는 세상에서 어둠과 욕망의 세계에 일시적으로 빠졌다가 되나오는 어릴 적 '나'

의 친구 '태우' 가 그 사이에 있다.

소재의 측면에서도 작가는 특이한 두 세계를 풍성하게 펼쳐놓는다. 도박과 요리, 이는 아마도 평범한 사람들 누구나에게 얼마쯤 구미가 당길만한 분야일 것이다. 사람이 눈물한방울, 자판기 등의 익명으로 불리는 도박장 분위기와 블랙잭, 잭팟, Q트리플, 판돈, 개평 같은 그쪽 용어들이 즐비하다. '감자는 반달, 양파는 초승달, 호박은 보름달로 썰고 좋은 기억을 떠올리며 맛있는 수제비를 끓이' 는 장면이나 '볶은 밥에 날치 알과 김 가루를 뿌려 접시에 담는다' 는 문장은 입맛을 다시게 하기도 한다.

이야기 속 '나' 는 불안과 불면으로 심리상담을 받으면서도 아내 병상을 지키며 깨어나길 기다려왔다. 그러다 지친 어느 날 절망과 분노에 사로잡혀 카지노로 달려갔다. 그 곳에서 처음 만난 민의 제안을 받아들여 맨홀의 운전과 요리를 포함한 심부름꾼 자리를 맡아 돈을 번다. 노름으로 일생을 탕진한 아버지의 세븐카드를 노름의 유혹을 이기는 부적으로 지니고, 번듯한 가게 얻을 때까지 만이라고 다짐하며. 그러면서 소홀해질 수 밖에 없는 아내에게 친구를 만들어 주기로 한다.

케어복지 강의에서 만난 신혜에게 아내의 친구가 되어 달라며 간병을 맡기고, 자주 통화를 하면서 '나'는 그녀와의 소소한 대화에 많은 위로를 받는다. 그러던 어느 날 맨홀이 단속반에 발각되어 공중분해되고, 한 번쯤 그의 바닥을 보고 싶어 '나'가 끌어들였던 김 교장 아들 태우에 대한 죄책감을 느낀다. 결국 내키지 않는 민의 요구에 응하여 태우의 저당 잡힌 차와 시골집을 찾아준 후, '나'의 어머니와 딸을 비어 있는 태우의 시골집으로 이사 시키고, 휴대폰을 해약하고, 원양어선에 몸을 싣는다.

'나'는 바다로 떠나기 전, 1년간 상담 받던 류 원장과의 면담을 끝내고, 제대 직후인 10년 전에 탔던 '지남호'의 마 선장을 찾아가고, 아내의 병실에 들른다. 류 원장과의 시간에서 '나'는 "살아간다는 건 가질 수 없는 욕망을 내려놓는 것이고, 방치하고 외면했던 자아를 찾아가는 것임을 깨닫(285쪽)"는다. 마 선장은 바다에 대해 "마땅히 돌아와야 할 때도 생각대로 되지 않는 곳, 어쩌면 유형지로는 더할 수 없는 곳(283쪽)"이라 했다. 그리고 아내의 병실에는 신혜의 편지만 있었다.

"사진기에도 담을 수 없는 아름다움이 존재하기 때문에, 세상에 대한 기대를 쉽게 버리지 못한다(310쪽)"는 말을 '나'가 했고, "그날 그 어둠 속에서 우리는 별이나 달이나 나무나 바람 같은 자연의 일부였"고, 그래서 "그 폐쇄 회로에서의 시간과, 내가 만진 당신의 몸, 당신이 만진 내 몸은 출구 없는 세계 속에서 찾아낸 희망(312쪽)"이었다는 편지. '나'는 그 편지를 마음으로 읽으며 "욕망에 충실할 수 있었던 짐승의 시간. 어떠한 미래도 꿈꿀 수 없는 암묵의 시간을 영원히 가슴에 묻기로(313쪽)"한다.

"삶에 기대를 가지는 것도 두렵고, 기대만큼 실망이 더

하는 건 더욱 두려웠다. 돌아와서 두려움을 모르는 얼굴로 세상을 바라보고 싶었다.(313쪽)"며 바다로 떠나는 '나'의 마지막 행보는, 파리지옥이라는 식충식물을 여러 차례 등장시키는 작가의 의도와 상통하는 것일까? "파리지옥의 잎사귀는 벌레를 세 마리 이상 삼키면 단백질 과잉으로 시커멓게 빛을 잃다 죽는다고, 철저히 절제의 미덕을 가르치고 욕심이 과할 때는 서슴없이 죽음을 안겨준다(256쪽)"고 쓰면서 작가는 욕망의 과잉을 경계하려 했을까?

아닐 것이다. 그냥 보여주고 경계든 추구든 알아서 하라는 것일 게다. 기대조차 없는 삶은 너무 무자비하니까, 또 신혜와 함께 욕망에 충실했던 시간을 되뇌는 '나'의 어조에 후회와 회한이 묻어 있지 않으니까. 무엇보다 '작가의 말'에서 작가는 '놀이'의 이데아라고 했으니까. 그러나 역시 '놀이'로서의 도박은 인류에게 해악일 수밖에 없는 욕망일까. 그러기에 '인류를 위대하게 만드는 그 '놀이'의 이데아를 도박이라는 부조리한 상관물에 접목

시켜 객관화하기가 어려운 과제였다' 고 작가가 말했는
지 모른다.

"인간을 순하게 만드는 데는 밥보다 더한 약이 없다
(140쪽)"는 말을 품고 사는 '나'는 '지남호'의 선원들에
게 맛있는 요리를 해주며, 한 발 멀리서 아내의 맑은 눈
과 만날 날을 기다릴 것이다. '하루라도 자유롭게 살고
싶다(291쪽)'는 류원장의 말과 '확신이 있으니 두렵지
않더라(144쪽)는 신혜의 말도 떠올리면서.

모든 욕망으로부터 자유롭지 못하지만 끝내 자아를 방
치하지 않는 서른다섯 살 젊은이를 따라가다 보면 만날
것이다. 욕망에 충실한 시간조차 아름다운 불꽃으로 남
은 우리 삶의 어떤 날을.

나는 왔노라, 신비로운 샛별아[1]

『금성탐험대』, 한낙원, 창비

서 미 지

　우주를 다루거나 미래를 다룬 공상과학 영화 속에서 우리나라 국적의 소년이나 청년이 등장하면 기분이 좋아진다. 외국 영화와 소설에 자주 등장하는 우주 개척자나 외계인과의 만남 또는 전쟁 등을 소재로 한 작품을 보면서 자라서 그런지 작지만 확실한 등장에 새롭고 뿌듯함을 느끼는 것이다.

---

[1] 201쪽, 고진이 금성에서 아침을 맞이하며 마음으로 노래한 감회 중에서.

최근 우리나라 영화계에서 떠오르는 화두도 우주인 듯하다. 내년에 개봉 예정으로 준비 중인 윤제균 감독의 '귀환'과 김용화 감독의 '더문'은 한국판 '인터스텔라'로 언급되고 있다. '귀환'과 '더문'은 '사고로 홀로 남게 된 우주인과 그를 귀환시키기 위해 사투를 벌이는 사람들의 이야기'로 알려졌다.

한국에서 SF에 대한 관심과 연구는 많이 부족하다. 한낙원은 '쉽고 간결한 문체의 과학소설을 통해 미래 세대인 어린이와 청소년에게 꿈을 심어주고자 평생을 창작에 매진한 작가'로 한국 과학소설의 개척자로 평가받고 있다. 『금성 탐험대』는 그의 대표작 중 하나로 '미국과 소련이 벌이는 우주 개발 경쟁과 함께 로봇을 부리는 외계인과의 싸움을 그린 우주 활극'이다.

미래시대 우주 파일럿 고진은 사령관 홉킨스의 요청으로 금성 탐사선에 탈 목적으로 하와이 기지로 가던 중 납치를 당한다. 스미스 교관의 협박과 음모로 우주선 v.p.의 쌍둥이 우주선 c.c.c.p.호에 강제 승선하게 된다. 또한 스미스 교관이 사실은 '니콜라이 중령이며, 그와 그의 일행이 우주의 살인마 집단임을 알게 된다.

『금성탐험대』가 월간 「학원」에 연재되었던 1962년은 인간의 달 착륙 이전이라 상상한 미래가 현재 우리가 생각하는 미래과학 모습과는 조금 멀다. 그러나 모니터와 키보드가 주로 사용되는 우주선 내부 모습은 당시로서는 청소년 독자들에게 놀라운 공상과학소설의 재미와 충격을 끼쳤을 것이다.

"금성의 아침도 제법 밝은 빛이 뿌연 안개 속에 퍼져 금성의 누리를 덮었다. 구름이 바다의 안개와 거의 맞닿은 금성이고 보면, 우주 공간에서처럼 그렇게 눈부신 햇빛을 바라볼 엄두를 낼 순 없지만, 지금 먼저 안개 속에 퍼진 빛은 고진이 서 있는 둘레를 그런대로 내다볼 수 있게 했다."

이런 우주인의 감회에 젖어 금성을 거닐던 고진은 곧 열에 민감한 돌에 죽음의 위기를 겪기도 하고, 이상한 공장에서 '눈과 입이 유난히 크고, 코는 구멍이 벌어졌고, 귀는 당나귀 귀처럼 양옆으로 솟아' 머리통이 커다랗고

손발이 가늘며 가슴이 큰 금성인을 만나는 남다른 모험을 한다.

과학문명이 발달한 알파성인을 만나 협상하는 장면은 다소 억지스럽다. 지구인과 알파성인과의 문화교류 조약 셋째 조항에 '영화 필름과 영사기, 녹음기'를 통해 서로의 말과 문화를 배운다는 것인데, 텔레파시나 홀로그램이 난무하는 요즘의 우주 공상과학 요소에 비해 과학의 발전이 퇴보한 느낌이 든다.

한낙원은 "미래의 주역이 될 한국의 젊은이들에게 모험심을 기르고 어려운 난관에 부딪히더라도 이겨 낼 수 있는 지혜와 담력을 길러 주기 위해" 또래의 한국 젊은이가 우주 공간에서 활약하는 과학 소설을 썼다고 말한 바 있다. 『금성탐험대』로부터 50년이 훌쩍 지난 오늘날 한국에서 청소년과학소설의 위상은 어떠한지 갑자기 궁금해진다.

기억에서 기록으로 남은 마을 이야기

『대전여지도』, 이용원 글 사진, 월간토마토

|

손 인 선

　사람은 과거를 파먹고 산다는 말이 있다. 한 사람의 개인사든 나라의 국사든 떠올리기 힘든 과거가 있는가 하면 즐겁고 행복했던 과거가 있어 그 기억으로 견디며 사는 사람도 있다. 미래를 향해 나아가면서도 끊임없는 과거와의 대화를 통해 세상은 흘러간다. 『대전여지도 2』는 과거로 떠나는 '타임머신'과 같다. 힘들게 살았지만 소소했던 행복을 그리워하는 이들을 만날 수 있기 때문이다.

　저자 이용원은 신문사 취재기자로 일하다 《월간 토마

토》를 창간해 동료 기자들과 함께 '대전여지도'라는 대전의 유래와 역사, 흔적을 찾아 마을을 답사하고 취재하여《월간토마토》에 싣고 있다. 글을 쓴 지 20년 좀 안 된다는 저자는 자신 앞에서 조곤조곤 마음의 빗장을 열고 대화를 풀어가는 사람들의 마음에 자신이 얼마나 가 닿았는지 걱정스럽다하면서도 사람이 살아 낸 세월의 공간에 스며들어 글을 쓰는 것이 좋다고 한다.

『대전여지도 1』에 이어 나온 2권은 3부로 구성되어 있으며 대전 동구에 있는 22개 마을의 공간과 사람에 대한 기록이다. '사라진 공간의 기억' 부터 시작하는데 이는 대청호 주변의 수몰된 마을 이야기부터 시작하기 때문이다.

"'저 물밑에서 살다가 이리로 올라왔지요. 그때 산고랑탱이에서 호롱불 켜 놓고 산 너머 내탑초등학교까지 걸어 다녔어요. 그래도 정 많고 좋은 동네였죠.'

허리가 아파 가게까지 쉬어야 할 지경이었지만 낯선 이방인을 위해 불 위에 물을 올려놓고 커피 한 잔을 내온다.

대청호가 생기기 전에는 절재산 뒤로 흐르는 금강으로 버스도 건너다녔다. 이상분 씨는 그때의 장관이 아직도 잊히지 않는 모양이다."

-p 81 토방터마을

고향을 떠나온 사람들의 그리움이 행간에 묻어난다. 부모님 세대가 자랄 때야 시골이고 도시고 할 것 없이 누구나가 어려웠다는 점을 감안하면 시간은 어려웠던 시절도 그립게 만드는 것 마법이 있다.

오래전 수몰된 마을에 살았던 사람들과 함께 그들의 고향을 함께 찾았던 적이 있다. 살던 마을은 물 밑에 잠기고 없었지만 그들의 기억 속에 각인된 마을 구석구석을 물 위에서 설명을 해주는데 그들과 필자 사이에 공유하고 있는 기억이 없다보니 물속 마을을 도무지 가늠할 수 없었다. 지금은 물고기의 집이 되어 있을 그 동네를 기억 속에 더 오래 붙들어 두려고 그렇게 열심히 설명했을 것이다. 그 기억을 떠올리니 대청호 주변에서 수몰된 고향을 바라보고 사는 이들이 짠하다.

"그 집에서 한때는 여덟 가구가 모여 살았다고 한다. 단독 주택치고는 넓은 편이긴 한데, 그렇다고 여덟 가구나 모여 살 정도로 넉넉한 공간은 아니었다. 그 곳뿐만 아니라, 눈에 보이는 대부분의 집에 한 가구만 사는 일은 없었다. 서너 가구는 평균이고 눈앞에 보이는 집처럼 규모가 있는 집은 여덟 가구까지 모여 살았다. 단칸방에 한 가족이 옹기종기 둥지를 튼 셈이다. 사정이 이러니 화장실 앞에 줄을 길게 늘어서던 모습은 소제동 아침 풍경이었다."

- p 200 소제마을

많은 가구가 살수록 다양한 이야기와 사건사고가 끊이지 않는데 또 그렇게 부대끼며 산 사람들이 정을 낼 줄도 안다. 어디나 그렇지만 북적거리던 사람들이 빠져나간 곳의 적막감은 이루 말할 수 없다. 신도시와 원도심의 대비를 곳곳에 담았는데 그 쓸쓸함을 아는 이들이 얼마나 될지 모르겠다. 도심 개발을 무작정 나쁘다고만 할 수도 없지만 삶의 터전을 잃는 누군가에게는 목숨 걸고 지켜야 하는 일이기도 하다. 그렇다고 이 책이 마을을 지키고 있는 사람들의 현실이나 정서만 담은 것은 아니다.

"안내판을 보니, 우암 송시열(尤庵 宋時烈, 1607~1689)
이 1653년에 지어 55세가 되는 1661년까지 거주했던 집이
다. ㄷ자 형태였던 건물은 후대에 내려오면서 증, 개축을
했다. 본래는 이 부근 일대에 큰 저수지인 소제방죽과 기국
정이 함께 있었으나 방죽은 메우고 기국정은 남간정사 경
내로 옮겼다."

- p 210 우안마을

위의 발췌에서 보듯 마을에서 있었던 역사적인 사건,
인물, 집의 형태, 그 자리에 위치하게 된 사연까지 알려
주고 있다.

"나이가 있는 주민에게 마을 이름 유래를 묻자 '여기가
예부터 피난곳이여~'라는 말만 되풀이했다. 그리고 기존
자료를 뒤적였을 때 주민이 '피난곳이' 얘기를 한 까닭을
알았다. 자료에 따르면 구완전은 임진왜란 때 사람들이 피

난해 화를 면했다는 이야기였다. 완전을 온전이나 안전 정도로 이해한 결과인 모양이다. 확인할 길은 없지만 산으로 첩첩 둘러싸인 지형을 고려하면 있을 법한 이야기다. 한국전쟁 때 마을에 피해가 전혀 없었다는 증언도 있었다."

- p 318 신완전마을

신완전마을의 유래에 관한 설명이다. 기존 자료와 마을 어르신들의 증언을 들어가면서 설명하는데 유추에 의한 것도 있다. 이런 증언과 기록을 통해 이미 사라진 마을도 복원사업이 가능하다는 점에서 저자가 하고 있는 마을 공간의 기록은 참으로 의미가 있다.

모든 만물은 생성과 소멸을 거듭한다. 도시 또한 그렇다. 하루가 다르게 빠른 속도로 변화하고 있다. 그만큼 마을의 기록도 늦기 전에 속도를 높여야 할 것이다. 기억은 한계가 있기에 작은 사실 하나라도 기록해놓지 않으면 영영 잊히고 말기 때문이다. 어딘가로 떠나고 싶다면 꼭 비행기 타고 멀리 가야만 떠나는 게 아니다. 이 책의 저자처럼 잊혀져가는 골목을 누비며 과거와 마주하고 기록하는 것, 이 또한 얼마나 의미 있는 여행인가. 그곳에서 낯선 이를 향해 마음을 열고 마을의 유래를 들려줄 사람을 만난다면 그 또한 행운이다. 이제 그것을 찾아 나서는 일은 대전토마토를 읽어본 독자의 몫이다.

책으로 찾아가는 예술가와의 만남

『여행자의 인문학』, 문갑식, 다산

손 인 선

봉화로의 당일치기 여행에 이 책과 동행하기로 한 것은 적절한 선택이었다고 생각된다. 함께한 사람 대부분이 낯선 사람이었기 때문이다. 조상이 살았던 곳을 수백 년이 지난 지금 그 흔적을 더듬어보는 일, 해설사의 도움이 있었기에 훨씬 풍성했다. 터만 남은 곳, 또는 터조차도 문헌으로 전해지는 곳이 많았으나 과거와 현재가 서로 만났다는 사실만으로도 설렜다.

이 책은 유럽에 기반을 두고 활동했던 21명 예술가를 찾아 떠나는 여행기다. 약 1년 동안 영국 전역과 프랑스,

스위스, 오스트리아, 이탈리아, 독일을 누비고 그 답사의 결과로 쓴 글을 200자 원고지 1800매 분량으로 추려내서 엮은 책이다. 저자 문갑식은 연세대 행정학과를 졸업해 영국 옥스퍼드대 울프손칼리지에서 방문교수로 수학했다. 조선일보 선임기자로 '문갑식의 세상읽기', '문갑식이 간다' 등을 연재하고 있으며 조선닷컴에서 '문갑식 기자의 기인이사'를 집필하고 있다.

에밀리 브론테의 걸작 『폭풍의 언덕』의 무대인 하워스를 찾아가는 것으로 이 글은 시작된다. 뒤이어 제인 오스틴, 워즈워스, 베아트릭스 포터, 코넌 도일, 찰스 디킨스, 루이스 캐럴, 톨킨, 인도와도 안 바꾼 셰익스피어, 더블린, 댄 브라운, 고흐, 세잔, 샤갈, 피카소, 카뮈, 모파상, 프루스트, 모네, 플로베르가 저자가 책 속으로 불러들인 예술가들이다.

"1909년 출간된 『생강과 피클』은 마을 상점을 운영하는 노인들의 경험담을 바탕으로 했습니다. 노인들은 겨우내 자신들의 이야기를 베아트릭스에게 들려줬다고 합니다."

- p 56

우리나라에서 동화 부문을 주름잡고 있는 황선미 작가도 베아트릭스를 롤 모델로 삼고 동화를 썼다는 이야기를 했다. 피터 래빗을 쓴 베아트릭스는 동화의 배경이 된 16제곱킬로미터(500만평)에 이르는 농장과 집을 기증했다. '호크헤드'라는 작은 마을은 베아트릭스 포터 때문에 생계를 유지한다고 해도 틀린 말이 아니다. 피터 래빗 인형과 분홍색 건물로 둘러싸인 마을을 상상해 본다. 가보지 않고도 이렇게 설렐 수 있다는 것은 눈에 익숙한 피터 래빗이 머리에 남아 있기 때문일 것이다.

영국에는 '셰익스피어 산업'이 있다. '셰익스피어는 인도와도 바꾸지 않는다.'라는 말이 있다.

그만큼 셰익스피어에 대한 자부심이 대단하고 문화를 아는 사람들이다. 당대에 이름을 날린 많은 예술가들이나 후대에 가치를 알고 더 아끼고 사랑하는 국민들이나 모두가 대단하다.

'수련'하면 생각나는 화가 모네는 눈이 잘 보이는 않은 상황에서도 역경을 이겨내고 파리 튈르리 공원의 오랑주리 미술관의 벽화 연작까지 그리게 된다. 벽화가 설치된

방을 화가 앙드레 마송은 '인상주의의 시스타나 성당'이라는 헌사를 바친다. 샤갈 또한 모네를 향해 '우리 시대의 미켈란젤로'라는 찬사를 보냈다.

이 책의 마지막을 장식한 구절에도 눈이 간다.

"여행의 진정한 의미는 새로운 풍경을 보는 것이 아니라 새로운 눈을 가지는 데 있다."

- 마르셀 프루스트

한 사람의 예술가가 그 나라에 끼치는 영향력은 대단하다. 과거, 그리고 현재 우리나라에서 활동하고 있는 예술가는 많다. 그 예술가의 이름이 붙은 길도 생겨나고 있다. 그러나 아직은 'ㅇㅇㅇ 산업'이란 타이틀이 붙은 예술가는 없다. 머지않아 우리나라 또한 그 대열에 합류하는 예술가가 나올 것이라 믿는다. 문화의 힘이 빠르게 온 세상에 전파되고 있기 때문이다. 세계를 움직인 예술가가 누구인지 또한 그들이 전파한 힘이 어떤지 알고 싶다면 이 한 권을 권한다.

나랏말쑤미 문자와 달라!

『단테의 일생』, 조반니 보카치오, 그물코

|

우은희

웹 서핑을 하다보면 의도치 않게 어떤 글을 보게 될 때가 있다. 너무 멀리 왔을 땐 처음의 목적을 잊고 부유하기도 하지만 말이다. 그날도 어떤 카테고리로 시작해서 보게 되었는지는 기억이 없다. 분명한 것은 고전도 단테도 전제되지 않았다는 사실이다.

베아트리체가 실존 인물인지 의문을 가지는 사람들도 있다는 글에서 '픽' 실소하다가 순간 나는 내 느낌이 과연 합당한 것인지, 제대로 알고 있는 것인지 의구심이 생겼다. 아무리 생각해도 베아트리체의 실체를 직접 확인한 적은 없었다. 아니 한 번도 의심해본 적이 없다. 마치 오래된 고전이 너무나 익숙해서 이미 읽었다고 느끼는 것과 같은 이치랄까.

인터넷의 인물 정보에서 검색이 되지만 사실과 다른 이야기들이 얼마든지 떠돌고 있는 것 또한 사실이다. 중요한 것은 나의 의심에 답을 줄 단테의 전기를 찾는 일이다. 그나마 아직까지는 신뢰할 수 있는 매체가 책이라는 작은 믿음이 있기 때문이다.

르네상스라는 말을 처음 사용한 부르크하르트는 그의 저서 『이탈리아 르네상스의 문화』에서 유명인의 전기 총서가 14세기에 등장했고 당대인이 아니면 당연히 과거 전기 작가의 글에 의존했으며 '독자적으로 써진 최초의 전기는 보카치오의 『단테전』일 것이다. 경쾌하고 생동감 넘치는 필치를 보여주는' 이라고 적고 있다.

『단테의 일생』은 1370년경 조반니 보카치오가 단테에 대해 쓴 최초의 전기 『단테전』의 영어번역본이다. 처음에는 '단테를 찬양하는 짧은 수필' 이라는 이름으로 출간

되었고, 단테가 고향 피렌체에서 추방되고 타지를 떠돌다 라벤나에 묻힌 지 50년이 지난 시점이다. 단테는 간절히 원했지만 고향으로 돌아오지 못했다. 저자는 서문에서 고향 피렌체는 단테라는 이름의 가치를 반드시 알아야만 하고, 정부는 그의 활동들이 어떠했는지 분명하게 살펴보고 충분히 보상해야 한다고 촉구한다.

　책은 서문을 시작으로 제17장 '단테 어머니의 꿈에 대한 설명과 결론' 까지 모두 열일곱 편으로 구성되었다. 저자는 단테의 딸 베아트리체와 단테의 가까운 친구, 그리고 베아트리체 포르티나리의 친척과도 친분이 있었기에 아마도 단테의 삶에 대해 사실을 그대로 잘 반영할 수 있었을 것이다. 아닌 게 아니라 단테 어머니의 태몽이나, 베아트리체를 잃고 슬퍼하는 단테의 모습과 그의 결혼이야기는 매우 자세하다. 또한 정쟁에 휘말려 추방당한 뒤 가족의 상태가 어떠했는지, 외모와 습관, 어쩌면 결점으로 보일 수 있는 분노하는 행동까지도 숨김없이 적고 있다. 전기가 가지는 사실 그대로의 정직성은 독자에게 '바른 설득력' 으로 작용한다. 객관성을 잃지 않는 것이야말로 전기 작가를 전적으로 신뢰하게 만드는 요소가 아닐까.

　단테 알리기에리(1265~1321)는 이탈리아 피렌체에서 태어났다. 마을에는 5월 1일이면 사람들을 집으로 불러 축제를 여는 관습이 있었고, 아홉 살 난 단테는 포르티나리의 집에서 열린 잔치에서 자신보다 한 살 어린 그의 딸 비체를 보았다. 조숙하고 참 예쁘게 생겼던 모양이다. 그러나 그녀는 24살의 젊은 나이에 세상을 떠났다. "그 마음의 고통으로 자신을 돌보지 않아 모습은 초라하였다. 마르고 면도도 안 하여 예전의 모습은 완전히 사라졌다." 단테는 손 한번 잡아본 적 없는 그녀에게서 평생 창작의 영감을 받았고, 그녀를 향한 사랑의 시와 산문은 『새로운 인생』으로 남겨졌다.

　특히, 그의 인생이 녹아있는 자서전이라 해도 될 만한 『신곡』은 무려 20년에 걸쳐 구상되고 완성된 운문 형식의 글이다. 그 당시 공용어인 라틴어 대신, 단테는 『신곡』을 피렌체의 일상어로 썼다. 그 이유는 일반교양이라고 생각하는 시가 어려운 말로 쓰여 신성한 버질의 작품마

저도 대중들로부터 무시당하는 것을 보기도 했지만, 첫째로는 "우리말의 아름다움을 보일 것이며, 배우지 못한 사람에게 이해하는 기쁨을 주리라"는 것이다. 마치 세종대왕이 백성들을 위해 한글을 만든 이유처럼 들린다. (물론 한글과 이탈리아어의 위상이 같다는 말은 절대 아니다.)

전개되면 사라져버리는 음성 언어의 약점을 보완해 '멀리 그리고 오래' 전달되기 위해 발달한 문화가 문자 언어다. 문자 언어의 지속성은 읽기와 쓰기를 통해서 가능해 진다. 피렌체 사람들을 위해 쉬운 말로 써진 단테의 『신곡』은 피렌체 방언이 문자로서 제 갈 길을 가게 만든 시초이며, 피렌체를 중심으로 하는 토스카나지방의 방언이 오늘날 이탈리아어의 표준어가 된 것과 결코 무관하지 않다. 단테의 위대함이 여기에 있다.

저자 조반니 보카치오(1313~1375)는 스승으로부터 단테의 이야기를 듣고 존경심을 가지게 되어 말년에 그의 전기를 집필하고 『신곡』을 강의하였다. 그 역시 피렌체 출신의 인문학자로 피렌체 방언으로 소설 『데카메론』을 썼다. 『신곡』이 운문의 본이라면 『데카메론』은 산문의 본보기다. 1348년 피렌체에 불어 닥친 페스트로 시민의 70%가 죽음으로 내몰렸다. 간신히 전염병을 피해 교외로 달아난 일곱 명의 귀부인과 세 명의 청년은 별장으로 숨어들어 무료한 시간을 달래기 위해, 하루에 한 가지씩 주제를 정해 자신이 아는 재미난 이야기를 하기로 한다. 하루 10가지의 이야기를 10일 동안 하게 되어 그리스어로 10일간의 이야기, 데카(10) 메론(이야기)이다.

『단테의 일생』이 아쉬운 것은 하느님이라는 보편타당한 단어 대신 하나님이라는 개신교의 특정 언어로 출판되었다는 것이다. 억지를 부려 본다면, 책은 전기문이고 그 시절 보카치오가 하나님이라 말했을 리도 만무하니 객관성의 결여라 할 만 하다. 하나님이 실수인지 의도인지 필자로서는 알 길이 없다. 다만 '멀리 그리고 오래' 전달되는 것이 문자의 일이라면, 혹시라도 일반 독자에게 나아가는 한걸음을 방해하게 될까? 그 발목을 잡는 것이 아닐까 우려된다.

우리 모두 '욕망'이라는 이름의
전차에 탄 것 아닐까

『욕망이라는 이름의 전차』, 테네시 윌리엄스, 민음사

이 다 안

태어나는 순간부터 인간은 부족함을 채우기 위해 끊임없이 희망하고 노력하여 이루고자 하는 그 무엇을 얻게 된다. 욕망은 인간이 살아가기 위한 몸부림이고 살아내기 위한 방편이다. 욕망의 실현은 충만에 있는 것이 아니라 욕망 그 자체로 되풀이되며 현실에 실제 한다. 『욕망이라는 이름의 전차』라는 책의 시적 제목이 뭔가 삶에 의한, 삶을 위한 한 줄 철학을 줄 것만 같다.

욕망이라는 이름의 전차는 1947년 에셀 베리모어 극장에서 초연되었다. 미국 남부의 몰락한 지주의 딸 블랑시와 동생 스텔라, 그녀의 남편 스탠리를 중심으로 인간의 운명을 사랑과 갈등, 욕망이란 이름으로 묘사한 작품이다. 테네시 윌리엄스는 욕망이라는 이름의 전차로 퓰리처상을 받았고 미국 연극계를 대표하는 극작가로 떠올랐으며, 뜨거운 양철 지붕위의 고양이로 또다시 퓰리처상을 받았다.

욕망이라는 이름의 전차는 실제로 뉴올리언스에서 운행되는 전차 이름이다. 블랑시가 욕망이라는 이름의 전차를 타고 '묘지'라는 이름의 전차를 갈아타고 뉴올리언스 시의 '극락'이라고 불리는 어느 도시로 동생 스텔라를 찾아 가는 것으로 극이 시작된다.

가문의 몰락과 친척의 죽음, 사랑했던 어린 남편의 자살을 경험한 블랑시의 도피처는 욕망이었다. 누구든 낯선 사람에게는 친절을 느끼며 현실에 적응하지 못하고 헛된 꿈과 욕망만을 쫓는다. 폴란드계의 노동자 출신인 스탠리는 폭력과 욕망으로 가득 찬 난폭한 성격의 소유자다. 블랑시의 과거를 폭로하면서 미치와의 사랑도 이루어질 수 없게 만들고 극도로 불안정한 그녀를 겁탈한다. 결국 블랑시는 정신병원으로 보내지면서 파멸을 맞는다. 불안정한 미래보다는 폭력적이지만 안정적인 현실을 택할 수밖에 없는 스텔라는 언니의 불행을 보면서도 스탠리 곁에 남는다.

철학자 라캉은 욕망을 인간의 본질이라고 했다. 블랑시, 스탠리, 스텔라 모두 '욕망'이란 전차에 탑승한 사람들이다. 상처를 안은 블랑시의 도피처가 욕망일 수밖에 없었던 것은 다른 욕망의 대상을 통해 자신을 인정받고 싶었던 것이다. 스탠리 또한 허상과 욕망을 쫓는 자로 폭력적인 남편임에도 불구하고 자신을 떠나지 않는 스텔라에게 무의식적 욕망을 강하게 표출한다. 스텔라, 스탠리 그들의 모순과 대립이 변증학적 관계를 맺으면서 욕망은 욕구와 달리 결코 충족될 수 없고, 억압하더라도 지속된다는 것을 증명해 주기도 한다. 현실에 순응하고 싶지 않은 자와 오로지 욕망만을 위해 질주하는 자, 안정된 현실을 선택한 자, 이 모두 인간의 한 단면이 아닐까 싶다.

우리 또한 욕망이라는 이름의 전차에 탑승하고 있다. 신이 조절한 타이머가 멈추는 순간까지 달릴 수밖에 없다. 꽃이 피기만 하고 지지 않는다면 낙화의 황홀함을 만날 수 없다는 시의 한 구절처럼 이 책을 읽지 않고는 어떻게 삶의 본질을 이해할 수 있을까.

나는 이어도를 보았다
『그 섬에 내가 있었네』 김영갑. 휴먼앤북스

이 웅 현

 김영갑은 제주도를 사랑해 제주도에서 사진과 자연을 벗 삼아 살다간 이 시대(?)의 천재 사진작가이다. 1957년 충남 부여에서 태어나 서울에 주소지를 두고 1982년부터 제주를 오르내리며 사진작업을 하다가 1985년 아예 제주에 눌러 앉았다. 오로지 사진에만 몰두하며 섬사람으로 살면서 제주의 자연을 담아내기에 온 열정을 바쳤다.

 1999년 루게릭병이라는 불치병 판정을 받고 일주일 동안 식음을 전폐하고 자리보전하다가 털고 일어나 다시 사진에 미쳐들기 시작했다. 생의 마지막에 자신의 사진을 남기기 위한 방법을 찾다가 남제주군 삼달리의 폐교를 구입하여 갤러리를 만드는 일에 열중했다.

2002년 '김영갑갤러리두모악'을 열고 투병 중에도 갤러리를 꾸미는 일에 온 신경을 집중하며 지내던 중 2005년 5월 두모악 뜰에 자신의 뼈를 뿌려 그 속에 영원히 잠들었다.

제주 여행 중 만난 '김영갑갤러리두모악'은 평소 사진을 좋아하던 나에게는 신선한 충격이었다. 섬사람이 아니면서 섬에 모든 생을 바쳐 남들과는 다른 시선으로 담아낸 작품들이었다. 파노라마[2] 기법으로 제주의 자연을 담아내 마치 자연을 눈앞에 마주하고 있는 듯한 착각을 불러 일으켰다.

두모악 관람 후 작가의 사진과 인생을 담은 『그 섬에

---

2) 경치 사진을 360° 모든 방향으로 담아내는 기법이나 장치, 또는 그렇게 담아 낸 사진이나 그림을 의미한다. 예전에는 작가가 카메라를 조작하여 담아내던 기술이었으나 요즘에는 전용 카메라가 있다.

내가 있었네』를 구입했다. 사진을 읽고 글을 보았다. 제주의 흙 색깔을 닮아 있는 면지부터 글을 시작하기 전에 실려 있는 사진을 읽어내는데 꽤 오랜 시간이 걸렸다.

제주의 봄, 여름, 가을, 겨울, 제주의 오름, 들판, 바다 그리고 두모악[3], 지금껏 눈으로 보았던 제주와는 다른 무언가에서 시선을 옮겨갈 수가 없어 한참을 머물렀다.

과연 내가 본 것이 작가가 본 그것이랑 닮았을까?

작가가 생각한 제주의 자연을 담아내기에 가장 알맞은 사진이 파노라마였을 것이다. 4:3 비율의 그림이나 사진에 길들여져 있는 우리들에게 파노라마(6X17) 앵글로 더 많은 자연을 보여주고 싶었던 듯하다. 작가는 파노라마 사진이 자신의 사진 주제를 표현하는데 가장 효과적이라고 했다.

사진의 홍수 속에 살아가면서도 사람들은 사진에 대해 너무 모른다. 나는 셔터를 누르기 전에 이미지를 완성한다.

---

3) 한라산의 옛 이름

한 장의 사진 속에 담긴 이미지는 누구도 함부로 훼손할 수가 없는 것이다. 하지만 사용자의 목적에 따라 사진이 어이없이 재단되고 변형되는 것을 숱하게 보아 왔다. 한 장의 사진에는 사진가의 영혼이 깃들어 있다는 것을 그들은 모른다.

- p 29

작가는 자신의 사진을 변형하거나 잘라내는 것을 싫어했다. 그래서 이 책의 판형도 다른 책과는 다르다. 처음에는 책에 사진을 싣는 것을 반대하기도 했다고 하였다.

작가는 전시회를 하면 작품에 제목을 붙이지 않기를 고집했다. 또한 전시실에 자리하고 있지를 않았다. 작품을 보는데 선입견을 주고 싶지 않기 때문이라고 했다. 자신이 보이는 대로 작품을 보면 된다는 게 작가의 주장이었다. 작가가 왜 이런 사진을 찍었을까가 아닌 자신의 눈에 보이는 그 자체가 진실이라는 것이다.

제주도가 관광지로서의 구실을 제대로 하기 전인 1980

년대 중반, 섬사람들로부터 뭍사람이란 경계를 받으며 촌구석으로 찾아들며 사진을 갈구하였다. 촌로들의 말벗이 되어주며 친해지려 무진 애를 쓰며 살았던 제주 정착 초기, 세상의 편안함과 타협하지 않으며 사진에만 전념하였다.

필름과 인화지 값이 없어서 동동거리면서도 주변에서 돈 되는 사진을 좀 찍으라는 말은 귓등으로 듣는다. 오로지 자신의 사진 세계만을 고집하며 하루하루를 살았다. 단 1초도 안 되는 찰나에 결정되는 사진의 순간을 담아내기 위해 해 뜰 무렵 카메라를 들고 나가 해가 지고 어두워질 때까지 한자리에 붙박이 하던 것이 수백 수천 날이었다.

사진은 일 초도 안 되는 시간 안에 승부를 거는 처절한 싸움이다. 한 번 실수하면 그 순간은 영원히 오지 않는다. 특히 삽시간의 황홀이 그렇다. 잡념에 빠지면 작업에 몰입하기 힘들다. 눈앞에 펼쳐지는 황홀감은 삽시간에 끝난다. 그 순간을 한 번 놓치고 나면 다시 1년을 기다려야 한다. 일

년을 기다려서 되는 거라면 그나마 다행이지만 기다려도 되돌아오지 않는 황홀한 순간들도 있다.

- p 243

사진을 읽고 글을 보면서 글 사이사이에 실린 사진들을 제대로 읽어내고 있는지 의문이 들기도 했다. 작가의 의도가 어떤 것이든 글과 사진이 제대로 대입이 안 됨을 읽으면서 아쉬움으로 남았다. 글과 사진을 제대로 매칭시키기 위한 고민을 한 번 더 했었다면 하는 아쉬움이 있는 책이다.

작가가 온 생을 바쳐 사진을 갈구하던 그때보다 요즘은 제주를 다녀오기가 많이 수월해졌다. 제주를 갈 일이 있다면 '김영갑갤러리두모악'의 방문을 추천한다. 작가의 수백 수천 날의 찰나가 고스란히 그곳에 담겨져 있다.

이십여 년 동안 사진에만 몰입하며 내가 발견한 것은 '이어도'다. 제주 사람들의 의식 저편에 존재하는 이어도를 나는 보았다. 제주 사람들이 꿈꾸었던 유토피아를 나는 온몸으로 느꼈다. 호흡 곤란으로 삶과 죽음의 경계에 서 있을 때 나는 이어도를 만나곤 한다.

- p 27

제주가 좋아, 제주에 미쳐, 제주의 사진만 찍다가, 제주에 잠든, 한 천재 사진작가의 눈으로 본 제주의 모습이 궁금하다면, 내가 본 제주와 다른 무언가를 보고 싶고 알고 싶다면, 이 책을 권하고 싶다.

책 속에 제주의 자연과 그의 인생이 펼쳐져 있다. 사진을 읽고 글을 보라. 책을 본 독자라면 그곳의 방문은 당연하리라.

삶에 대한 투지

『마지막 잎새』, 오 헨리, 꿈 소담이

임 정 희

　이 소설은 학창시절에, 누구나 한번쯤은 읽었을 정도로 널리 알려진 소설이다. 여고 시절에 읽었던 이 작품을 수십 년의 세월이 지나 다시 읽으니, 그때와 다른 감정으로 작품의 진국을 새롭게 느낄 수 있었다. 이것이 독서의 즐거움이리라.

　「마지막 잎새」는 O.헨리의 단편소설이다. 작가의 본명은 윌리엄 시드니 포터이다. 작가는 어머니가 폐병으로 사망한 뒤 숙모의 집에서 자란다. 어려운 집 환경으로 상

급학교에 진학하지 못하고 일찍 사회생활을 시작했다. 큰아버지의 약국에서부터 토지회사 사무원, 토지관리인, 은행 출납계 직원 등 여러 직업을 전전한다. 그러다 전에 일했던 은행에서 횡령죄로 고발을 당해 3년 3개월간 옥에 갇힌다. 감옥에서 「휘파람 딕의 크리스마스와 스토킹」 외 10편의 단편소설을 써낸다. 출소 3년 후부터 「양배추와 임금님」 작품을 시작으로 10여 년 동안 300여 편의 단편소설을 펴내는 열정을 보인다. 이렇게 생활의 안정을 찾았으나 음주와 낭비가 심해 말년에는 가난한 생활을 하였다. 1910년 48세의 나이에 간경화증으로 생을 마감했다.

소설의 배경은 워싱턴의 서쪽 지구에 길이 거미줄처럼 복잡하게 얽히고설킨 작은 마을이다. 어느 날 이 마을에 예술 활동을 하기에 좋다고 생각한 한 화가가 아틀리에를 꾸민다. 이 마을은 화가들이 선호하는 북향의 창과 네들란드식 다락방이 있고, 특히 집세도 쌌다. 점점 화가들이 모여들어 마침내 예술가촌을 이룬다. 이곳에 수와 존시, 두 화가도 3층짜리 벽돌 건물 위층에 작업실을 만든다. 두 사람은 식당에서 식사하다가 처음 만난 사이다. 음식과 옷에서 취향이 같다는 이유로 가까워져 작업실까지 같이 쓰는 사이가 된다.

고운 단풍이 지는 11월이 되자 예술가촌 거리에는 매서운 바람이 휘몰아치면서 폐렴이 온 마을에 유행처럼 퍼진다. 그 와중에 따뜻한 캘리포니아 지방에서 자란 존시가 폐렴에 걸린다. 폐렴에 걸린 존시는 종일 침대에 누워 네들란드식 창문으로 밖을 내다보는 게 하루의 일과다. 의사는 존시가 살아날 가망이 거의 없다고 진단한다. 열에 하나 정도로 회복 가능성이 있지만, 이것도 존시가 살고자 하는 강한 의지를 가졌을 때에 희망을 가질 수 있다고 못을 박는다. 혹시 그녀에게 있을지도 모를 희망이 무엇인지 찾아주라고 한다. 그러나 존시에게는 붙잡고 매달릴만한 희망이 하나도 없다.

한편 수는 앓는 존시를 돌보면서 주문받은 소설의 삽화를 그린다. 아래층에는 이들을 자식처럼 보살피는 버만이라는 예순이 넘은 화가가 산다. 그는 입버릇처럼 꼭

명작을 그리고 말겠다고, 언제나 벼루기만 하는 화가다. 그는 40년 동안 붓질을 했어도 상업용 그림이 타이틀의 전부로, 실패한 화가다. 이곳저곳 화실에서 모델을 하고 받은 돈으로 근근이 살아가는 처지다.

점점 병약해진 존시는 침대에서 헛소리처럼 중얼거린다. 창밖을 내다보며 건너편 담쟁이 넝쿨에서 떨어지는 잎새를 센다. 수는 "이제 다섯 개밖에 남지 않았어."라는 존시의 말에 모든 상황을 알아차린다. 마지막 잎이 떨어지면 존시 자신도 죽는다는 망상이었다. 존시가 걱정이 된 수는 1층의 화가 버만 씨를 찾아간다. 내일이 마감인 삽화의 완성을 위해 그에게 광부 모델 요청도 해야만 했다.

"뭐라고! 빌어먹을, 담쟁이 잎사귀가 다 떨어진다고 죽는다는 멍청한 인간이 어디 있냐? 그런 터무니없는 소리는 태어나 처음 들어. 왜 그 아가씨가 그런 황당한 생각을 하도록 내버려 둔 거야? 오, 가여운 존시!"

그날 밤 거리에는 비바람이 세차게 몰아쳤다. 버만 씨는 밤늦도록 수의 작업실에서 광부 모델을 섰다.

수가 아침에 일어나니 존시가 먼저 일어나 있다. 커튼을 걷어 올리자 건너편 담벼락이 눈에 훤하게 들어온다. 밤새 다 떨어지고 없을 줄 알았던 잎사귀 하나가 6m 높이의 담쟁이 넝쿨에 달려있다. 존시가 소리쳤다.

"마지막 잎새야!"

그것은 버만 씨가 새벽까지 그린 그림이다. 아직 매달려있는 마지막 잎새를 한참 바라보던 존시는 마침내 죽음을 가벼이 여겼던 자신을 반성한다. 그리고는 수프를 먹고 서서히 기운을 차린다. 평소처럼 뜨개질도 하고, 나폴리만을 그리고 싶다는 희망을 말한다.

한편 아래층에 사는 버만 씨는 밤사이 폐렴으로 병원에 실려 갔다. 그의 집안에는 흠뻑 젖은 옷과 신발, 어디에 사용했는지 모를 젖은 사다리가 널브러져 있다. 아직 물이 축축한 팔레트에는 초록과 노랑 물감이 섞여 있다. 버만 씨는 간밤에 비를 맞으며 '마지막 잎새'를 그린 것이다. 그 일로 폐렴에 걸린 버만 씨는 이틀 만에 병원에서 숨을 거둔다는 줄거리다.

 이 작품에는 예순의 화가를 통한 휴머니즘이 짙게 깔려있다. 오 헨리의 문학적 기법은 주로 해피엔딩이다. 비극이 희극으로 반전되기도 하고, 희극이 비극으로 반전되기도 한다. 화가로서 실패한 그가 담벼락에 그린 '마지막 잎새' 하나가 평소 열망이었던 명작이 되었으니 희극이다. 또 그 일로 그가 죽었으니 비극이기도 하다. 아니 이 일로 한 생명을 살렸으니 결국 희극이다.

 사람은 절망 속에서도 작은 희망 하나 있으면 버티고 살아간다. 그런 희망 하나 없는 존시는 떨어지는 잎새를 보며 죽음을 생각했다. 그러나 밤사이에 떨어질 줄 알았던 잎새가 아침까지 버티고 있는 모습이 존시에게 놀라운 반전이었다. 그 마지막 잎새를 보고 삶에 대한 투지를 배운 것이다. 이것도 결국 버만 씨의 희생에 의한 반전임을 알 수 있다. 따뜻한 인간애로 그려진 예술적 가치를 논할 수 있을 것이다.

 주제 의식은 이렇게 반전을 통하여 마무리 부분에서 구체화되었다. 해피엔딩은 마지막 책장을 덮고 나면 기분이 상쾌해진다. 오래도록 휴머니티의 메시지가 가슴에 진하게 남는다. 이것이 오 헨리의 일관된 일석이조의 구상일 것이다. 사람들은 버만 씨가 밤새도록 비 맞으며 어디를 돌아다니다 폐렴에 걸린 것이라 여겼다. 알고 보니 그는 일생일대의 명작을 남기고 젊은 화가 대신 죽은 것이다.

세계명작인 O.헨리의 「마지막잎새」는 어른과 아이 구분 없이 생각과 마음을 키우는 밑거름이 된다.

진정한 사랑의 약속

『백조의 호수』, 안선모, 한국훼밍웨이, 2007년

임 정 희

차이코프스키는 1840년에 태어난 러시아 최고의 작곡가이다. 수많은 교향곡과 오페라, 주옥같은 발레 음악을 작곡했다. 그의 대표작으로는 제4, 5, 6번 교향곡이 유명하며,「피아노협주곡 제1번」, 오페라「예브게니 오네긴」,「스페이드의 여왕」, 발레 음악「백조의 호수」,「잠자는 숲속의 미녀」,「호두까기 인형」등이 널리 알려져 있다.

『백조의 호수』는 1875년 차이코프스키가 작곡한 발레 음악「백조의 호수」의 배경이 된 동화이다. 처음에 차이코프스키는『백조의 호수』를 독일의 구전설화에서 따와 썼다고 한다. 동화가 된 이 원작에서는 사랑의 힘이 나쁜 마법을 물리치는 희극으로 끝난다. 동화 『백조의 호수』를 새로 쓴 작가 리즈베트 츠베르거[4]의 말이다.

발레 공연 「백조의 호수」는 첫 공연과 3년 뒤의 재공연에서 흥행에 실패했다. 1895년 차이코프스키가 죽은 2년 후 페테르부르크의 추모 공연에서는 대성공을 거두었다. 이때부터 음악 「백조의 호수」는 무용에 종속되어 있는 반주 음악이 아니라, 무용과 대등한 지위의 발레 음악으로 자리매김했다. 이후 100년이 지난 오늘날 「백조의 호수」는 「지젤」, 「잠자는 숲속의 미녀」와 함께 세계 3대 고전 발레 중의 하나가 되었다.

『백조의 호수』는 원 소스 멀티 유즈(OSMU, One-Source Multi-Use)이다. 이야기의 뿌리는 하나인데 3가지 기능이 각각 독립적으로 존재하는 종합예술이다. 발레

---

4) 비엔나에서 나고 자랐다. 역사적이고 매력적인 이야기를 즐겨 그리는데, 그중에서도 안데르센 동화를 많이 그렸다. "20세기 최고의 일러스트레이터"라는 찬사를 받는 만큼, 브라티슬라바 국제 비엔날레 상, 볼로냐 국제 어린이 도서전의 그래픽 상, 한스 크리스찬 안데르센 상 등을 받았다.

음악, 발레 무용, 문학 동화로의 기능이다. 발레 공연을 본다면 한꺼번에 3가지를 다 음미하는 것이므로 멀티테스킹(multitasking)이라고도 볼 수 있다. 직접 무대 객석에서 감상한다면 황홀하고도 매혹적인 감동에 빠져들게 된다.

이미 수많은 이들이 알고 있겠지만 『백조의 호수』의 줄거리는 이러하다.

옛날 어느 나라에 아름다운 공주가 마법에 걸렸다. 바깥 놀이를 갔다가 무연히 마법사의 영역에 들어서고 말았다. 이에 노한 마법사가 공주를 백조로 만들어버렸다. 어두운 밤이 되어야 사람으로 돌아오고 아침 해가 뜨면 백조로 변신해버린다. 이 마법에서 벗어나려면 진정한 사랑을 획득해야만 된다.

어느 날 공주는 백조 사냥을 나온 왕자와 호숫가 숲속에서 우연히 맞닥뜨린다. 공주의 슬픈 사연을 들은 왕자는 공주에게 사랑을 맹세한다. 그런데 마법사가 올빼미로 변장하여 이 두 사람의 대화를 엿듣고 방해를 한다. 마법사는 공주가 초대받은 파티에 자기 딸을 공주로 변장하여 데리고 간다. 어두운 밤이 되어야 사람으로 돌아오는 공주는 저녁 늦게 파티장에 입장할 수가 있었다. 그때 먼저 도착한 마법사의 딸을 공주로 착각한 왕자는 그만 마법사의 딸에게 사랑을 맹세하고 만다. 이를 창문으로 들여다보고 있던 공주는 왕자의 변심에 절망하여 울면서 호수로 달려간다. 뒤늦게 마법사에게 속은 사실을 알게 된 왕자는 공주 뒤를 따라간다. 왕자는 물속에 뛰어든 공주를 구해내고 어머니 왕후께 공주를 소개한다. 그리고 두 사람은 결혼하여 행복하게 잘 살았다.

이 책 내용을 제대로 파악하기 위하여 도서관에서 동화 『백조의 호수』 세 권을 빌려서 읽었다. 새로 고쳐 쓴 동화 『백조의 호수』가 많기 때문이다. 각각 출판사도 다르고 옮겨 쓴 이도 다르다. 그래서 문맥의 흐름이나 표현 방식도 조금씩 다르고 이야기를 맺는 끝부분도 다르다. 물론 삽화도 책마다 분위기가 확연히 다르다. 책마다 작품해설을 꼼꼼하게 살펴보았다.

발레 공연 「백조의 호수」 작품해설을 보면 첫 공연과 재공연에서 실패했다고 한다. 그때의 대본은 볼쇼이극장의 관리인이 쓴 것으로 희극으로 끝났고 무엇보다 그 당시 무용수들의 춤 기질이 낮았다는 이유였다. 차이코프스키가 죽은 2년 후의 추모공연에서는 대성공을 거두었다. 이때의 대본은 차이코프스키의 동생 데모스트가 새로 쓴 것으로 이야기가 비극으로 끝난다. 이것은 이야기(동화)와 춤과 음악이 어우러진 오페라(OSMU)이므로 어른 몫이다.

그럼 어린이 몫인 동화에서는 독서와 멀티테스킹 multitasking한 춤과 음악이 있기는 할까? 동화에 있어서 춤은 그림, 즉 삽화에 해당한다. 그럼 음악은 오페라처럼 동화에 어떤 역할을 할 수 있는가? 물론 있다. 책마다 백조의 호수 '발레 음악 CD'가 첨부되어 있다. '동화의 나라에서 음악이 어린이들에게 비극과 희극의 감정적 차이를 얼마만큼 전달할 수 있는가'가 문제이지만. 다소 어렵더라도 이 시대의 문화 혜택을 어린이들도 제대로 누리는 것 같아 흐뭇하다.

그럼, 자라나는 아이들에게 어떤 동화책을 골라줄 것
이냐! 이 중요한 선택은 부모 각자의 몫이라고 생각한다.

예를 들어, 나이가 적을수록 희극으로 끝나는 동화「백
조의 호수」를 골라주고, 고학년이 되면 비극으로 끝나는
동화「백조의 호수」를 권해보는 것도 좋겠다. 후자의 경
우엔 부모의 독서지도가 있으면 금상첨화이다. 이런 관
점에서 동화「백조의 호수」라면, 안선모5)씨가 쓰고 편희
연6)씨가 삽화를 그린 '한국훼밍웨이' 출판사의 책을 추
천하고 싶다.

또 독서 후에 방향을 잡아줄 수 있는 지침서가 본문 뒤
에 첨부되어 있다. 소중한 내 아이에 대한 꼼꼼한 독서관
리가 아닐 수 없다. 독서지도에 초보 부모라도 아이가 줄

---

5) 인천에서 태어나 인천교육대학교를 졸업. 1992년 월간 아동문
   학예 작품상, 1994년 MBC 창작동화 대상, 1996년 제16회 해강
   아동문학상을 수상했다. 저서로『황새가 물어온 아이』,『아프리
   카로 보낸 소포』,『초록별의 비밀』,『모래 마을의 후크 선장』,
   『나는야 코메리칸』,『배추벌레 초록』등이 있다.
6) 한성대학교 서양학과를 졸업하였고, 현재 프리랜서 일러스트레
   이터로 활동하고 있다, 2005년 독일 프랑크푸르트 도서전에 동
   화『백설공주』를 출품하였고, 그린 책으로는『그리스 신화』,
   『보물섬』,『오만과 편견』,『테스』등이 있다.

거리를 이야기할 수 있도록 도와주거나, 주제가 무엇인지 지도하거나 인지시킬 수 있는 안내가 있어 일석이조의 효과를 얻을 수 있다. 이런 방법은 어른들이 얼굴을 마주하고 독서토론회를 여는 것과 마찬가지라고 생각한다. 이런 점이 이 책을 어린이들에게 추천하는 이유이다.

금호강은 의구하다

『금호강 서호를 거닐다』, 오류문학회, 학이사

장 창 수

카공족의 독서를 방해라도 할 셈인가. 카페에선 제법 비트가 있는 음악이 흐르지만 아무래도 주인장이 실수를 한 것 같다. 음악은 여울물처럼 흘러나와서는 읽고 있던 책표지 속으로 그대로 들어가 버렸다. 파란 빛깔의 표지엔 이렇게 씌어 있었다. 『금호강, 서호를 거닐다』, 부제는 '강문화의 요람'. 온통 파랗다.

금호강琴湖江도 그런 존재가 아닐까. 사람들에 의해 방해를 받았을 때도, 아무도 관심을 갖지 않았을 때도 유유히 흘렀다. 그래서 옛 시인은 이런 자연을 두고 "인걸은

간 곳 없어도 산천은 의구하다"고 읊지 않았으랴. 금호강은 포항시 죽장면에서 발원해 영천시에 이르러 '금호강'이란 이름을 얻는다. 경산을 지나 대구를 휘돌아서는 낙동강에 도착해 모든 걸 내던진다. 경북과 대구를 일통하는 장대한 여정이다.

다양한 관점에서 강을 보아야

금호강은 원류, 상류, 하류 지역으로 나뉜다. 금호강의 본류 길이는 118.4㎞, 대략 삼백 리에 이른다. 그 안에서 사람들은 많은 이야기를 남겼을 것이다. 금호강은 바람이 불면 비파琴 소리가 나는 호수湖라는 데서 이름이 생겼다. 갈대가 많은데다가 유속이 느린 탓이리라. 서호西湖라는 별칭도 그래서 생긴 게 아닐까.

『금호강, 서호를 거닐다』는 오류문학회에서 펴낸 문집으로 주로 하류의 이야기를 담고 있다. 오류문학회의 오류五柳는 도연명陶淵明(365~427)이 퇴임한 후 다섯 그루의 버드나무를 심은 데서 따왔다고 한다. 스스로를 오류 선생이라 부르며 문학과 자연을 사랑하며 함께하려는 의도였을 것이다. 대구시 퇴직 공무원들이 이를 본받아 오류문학회五柳文學會를 만들었으니 맥이 서로 통한다고나 할까.

이 책은 여러 사람이 자기만의 관점으로 금호강을 표현한 점이 흥미롭다. 강은 인문학적으로도 이해되지만 생태학, 역사학 등 다양한 시각에서 재해석될 수 있기 때문이다. 강을 끼고 살아가는 사람들의 이야기가 다양하고 복잡한 까닭에 이러한 오류문학회의 접근은 오히려 적절하다는 생각이 든다. 요즘 한창 사람들의 입에 오르내리는 '4차 산업혁명'의 기본 정신이 융합인 점을 생각하면 더욱 그렇다.

서호西湖가 품은 이야기들

오류문학회는 2006년 결성되어 문화유적지를 답사하며 집필 활동을 해 왔다. 그러다 금호강 하류의 별칭인 서호西湖를 주제로 강문화 도서를 출간한 것이다. 이수(금호강)와 낙강(낙동강)이 만나는 하류는 조선조 중기를 기점으로 영남의 학맥과 대구 문풍의 산실로 이름이 났다. 많은 선비들이 이곳에서 학문을 논하고 풍류를 즐겼다.

서호 10곡 이야기를 필두로 해서인지 저자도 10명이 참여했다. 향토사학자이며 산림공무원이었던 이정웅은 서호의 명승지 열 곳인 10곡 이야기를 전해 준다. 10곡의 연원을 들려주고 금호강이 낙동강으로 합수되는 지점부터 대구시 북구의 사수동까지 10경을 생생하게 소개한다. 아울러 지금은 사라지고 없는 명승의 복원을 간절히 호소했다.

오류문학회의 회장인 정시식은 도시철도 2호선이 지나가는 문양이 고향이기도 하다. 그래서인지 '강안문학의 요람 이락서당' 이란 주제로 이 지역에 남다른 애착을 표했다. 이락서당의 건립 취지와 한강, 낙재 두 선생의 생애에 대해서도 소상히 기술했다. 금호강이 미학적인 면에서도 몹시 아름답다는 것을 자랑스러워했다.

전 매일신문 논설주간이었으며 대구시 문화예술회관장이었던 홍종흠은 이 지역이 대구권의 하나뿐인 원림園林이라고 강조했다. 대구의 정신을 나타내는 상징이며 동시에 우리나라 근대 사상의 배경적 명소임을 역설하며, 이 책이 부제로 '강문화의 요람' 을 취한 까닭을 설명했다. '한강 정구와 대구'라는 주제로 담담한 필치를 선보인다.

그 외에도 강창매운탕과 다사의 향수, 레저 명소로 인기를 끌고 있는 마천산 등의 이야기도 흥미롭다. 대구의 명산인 와룡산, 해량교의 전설 등도 눈여겨볼 만하다. 또한 환경학적인 시각에서 금호강을 본 내용도 읽을 가치가 있다. 오염된 금호강에서 물고기가 떼죽음을 당했는데 근자에는 회복되었다는 것이다.

늦게 시작한 공부에 꽃이

24쪽에는 서호 10곡의 상세한 위치가 그림으로 나온다. 이 한 장의 그림과 서호 도석규 선생(1773~1837)이 썼다는 서호병 10곡의 전문이 실려 있다는 것만으로도 이 책은 소장 가치가 있다. 간략히 10곡을 소개하자면 1곡 부강정, 2곡 이락서당, 3곡 선사, 4곡 이강서원, 5곡 가지암, 6곡 동산, 7곡 와룡산, 8곡 은행정, 9곡 관어대, 10곡 사수빈이다. 모두가 다 훌륭하지만 2곡 이락서당을 한번 음미해 본다.

둘째 굽이, 배가 이락정에 닿으니[二曲船臨伊洛亭]

한강과 낙재를 기리는 단청이 아름답네.[慕寒彌樂畵丹靑]

강을 오르내리는 뱃노래 귓전에 울리니[棹歌怳若聞來耳]

구문의 뛰어난 선비 만고진리 깨달았도다.[九室群聾萬古醒]

- p 27

도석규 선생은 어려서부터 영특했다고 한다. 19세 되던 어느 날에 생모를 잃었는데, 다음 날은 부친, 그다음 날은 생가 조모 등 며칠 사이에 초상을 네 번이나 치르는 불운을 겪었다. 그러한 가정 형편 때문에 공부를 늦게 시작했는데 그 스승은 영의정을 지낸 유성룡의 후손 유심춘이었다. 늦게 시작한 공부지만 꽃이 피었고 늘 으뜸이었다고 평가되었다. 이후 이락당을 짓고 학문을 강론하였다고 전해진다.

조선이 성리학의 나라였던 탓일까. 강은 유구한 세월을 흐르며 다양한 이야기를 품었지만 아무래도 인문학적 관점에 무게가 실린다. 그 중에서도 유학적 콘텐츠가 큰

비중을 차지한 것은 불가피했을지도 모른다. 하지만 아무리 좋은 것도 과거의 원형 그대로를 새로운 시대에 그대로 적용하는 것은 부담스러운 일이다. 세상은 변했으므로.

사람들은 빠르게 변화하는 시대에 걸맞게 새로운 미디어에 익숙해졌다. 그렇다고 소중한 문화유산을 버리는 것도 아까운 일 아닌가. 환경은 달라졌지만 금호강은 변함없이 사람과 더불어 흐르고 있다. 『금호강, 서호를 거닐다』를 읽고 새롭게 해석해야 하는 이유가 거기에 있다. 앞사람들이 남긴 하류의 이야기를 프리퀄(prequel, 前史)로 삼아 누군가 새로운 시대에 맞는 뒷이야기를 써야 하니까.

노력의 복리 법칙

『생각이 내가 된다』, 이영표, 두란노

장 창 수

이영표는 『생각이 내가 된다』 119쪽에 이렇게 적었다.

"은퇴 이후의 삶은 생각처럼 행복하지 않았다. 아침에
일어나서 오전 운동을 하지 않아도 되는 상황이 벌어졌
다."

그 경험은 인생에서 가장 낯선 경험이었으며, 외롭고
힘들었다고 덧붙였다. 많은 스타들이 은퇴 이후 좌절에
빠져 방황하기도 한다. 그렇지만 축구선수 이영표는 신

념으로 극복하고 축구 해설위원의 길을 가고 있다.

이 책은 저자가 세계적인 축구선수가 되는 과정을 담고 있다. 또한 선수 생활을 마무리하고 어떻게 축구 해설위원으로 두 번째 삶을 시작했는지도 들려준다. 축구 경기는 90분 뛰고 나면 끝나지만 우리의 삶은 계속해서 이어진다. 이영표 위원은 삶의 두 번째 막을 열어야 하는 이들에게 힘찬 응원의 메시지를 던진다.

저자는 자신의 가치관을 한 권의 책에 오롯이 담았다. '마음의 가치관', '믿음의 가치관', '축구의 가치관'이란 제목으로 세 파트에 걸쳐 실었다. 1부는 노력과 재능에 대한 소신을 피력하고, 2부는 종교인으로서의 가치관을 전한다. 마지막 3부는 평소 축구에 대해 가졌던 축구인으로서의 통찰을 풀었다.

흔히 사람들은 반칙이 난무하는 불공정한 세상이라고 한다. 그런 이들에게 저자는 노력하면 반드시 성공한다는 믿음을 전한다. 사소한 노력이 누적되면 놀라운 결과를 낳는다며 16쪽에서 퀴즈 하나를 냈다. "0.1mm 두께의 A4 용지를 30번 접으면 두께가 얼마나 될까?" 문과 출신인 서평자는 답을 읽고는 깜짝 놀랐다.

0.1mm 두께의 용지를 한 번 접으면 0.2mm다. 두 번 접으면 당연히 0.4mm고. 서른 번 접어 봤자 뭐 어쨌다고? 놀라지 마시라, 정답은 107km이다. 107km면 대구에서 영천을 갔다 오고 그래도 조금 남는 거리이다. 이영표 위원은 이런 노력의 누적 효과를 '노력의 복리 법칙' 이라고 명명했다.

"어떻게 축구를 잘할 수 있나요?"

팬의 질문에 저자는 '줄넘기' 라고 답했다. 비법 같은 것을 기대한 사람에게는 실망스러울 수 있겠지만, 그의 줄넘기 이야기는 노력의 복리 법칙을 실천한 살아 있는 교훈이다. 그가 고등학교에 입학했을 때 스피드 향상을 위해 줄넘기를 시작했다. 2단 뛰기 1,000개가 목표였는데 한 번에 힘들어서 100개씩 끊어 매일 10회를 했다. 2년 후 2단 뛰기 1,000개를 단번에 성공했다.

저자는 우리에게 그런 노력을 10년간 지속하라고 말한다. 그러면 한 분야에서 반드시 성공할 것이라고. 그가 선수 생활을 마치고 은퇴했을 때 잠시 슬럼프가 찾아왔는데 이를 뛰어넘은 것도 자신의 신념 덕분이다. 선수로서 10년을 뛰어 성공했는데, 해설가로서 살아가려면 다시 10년을 노력해야 한다는 것.

이제 우리나라에도 세계적인 선수는 많다. 하지만 선수 시절과 똑같은 노력으로 2막을 열고 있는 이는 드물다. 이영표 위원의 『생각이 내가 된다』에서 발견한 특장점은 바로 여기에 있다. 그가 어떻게 세계적인 선수가 되었는가보다 은퇴 이후 어떤 노력으로 살아가고 있는지 눈여겨볼 필요가 있다.

또 하나의 '강남스타일'

『채식주의자』, 한강, 창비

장 창 수

엄청난 판매다. 2007년 초판 1쇄가 나온 이래 벌써 65쇄다. 지금은 2018년. 어느새 유행이 다 지나고 주변의 누구도 『채식주의자』를 이야기하지 않을 때, 나는 이 책을 구입했다. 적어도 시류에 편승한 것은 아닌 셈. 책을 만나는 것도 사람을 만나는 것도 다 시절이 허락한 인연의 결과다.

표기와 문체에 관한 상념

나만의 생각일까. 이 책은 띄어쓰기 오류가 많아 보인

다. 한 음절로 된 의존명사, 관형사 등이 상당수 붙어 있다. 명사와 명사가 이어지는 경우에도 필요에 의해 붙여 쓰기는 하지만, 그렇더라도 채식주의자는 정도가 좀 심한 것 같다. 이 부분만을 짚어 보았을 때는 문학 작품이라기보다는 마치 실용문을 읽는 것 같은 느낌이다. 이대로 학생들이 공부하는 교과서에 실어도 될지….

연필로 책에다 교정을 보다 말다 했다. 복합어인가, 아니면 임의로 붙여 쓴 말인가를 생각하며 수시로 사전을 뒤적였다. 그러다 스토리를 놓치기도 했다. 마지막 「나무불꽃」에선 슬그머니 직접 인용문의 따옴표가 사라졌다. 현실 감각을 잃은 공허한 대화를 표현한 거라고 생각했다. 179쪽, '그녀는 참았던 고함을 지르고 말았다' 라고 된 부분 정도는 따옴표를 달아 주었으면 좋았겠다.

"네가! 죽을까봐 그러잖아!"

쉼표로 이어지는 문장들, 끝나지 않는 문장들, 환자들의 넋두리처럼, 문장과 문장은, 사이사이의 쉼표로 이어져, 퇴원하지 못하는 환자의 증세를 표현하는 것 같다. 이런 문체는 단순히 만연체라고 부르기에는 아쉬움이 남는다. '몽환체夢幻體'라고 이름 붙이면 어떨까. 한강 작가의 글은 대체로 매끄럽게 읽히는데 어떤 대목에 이르러 끈적끈적하게 등장하는 몽환적 문체는 독특한 맛을 느끼게 한다.

맨부커상에 대한 염려

『채식주의자』의 1편인 「채식주의자」를 읽었을 때만 해도 방심하고 있었다. '인간이 가진 보편적 욕망 혹은 변태성을 짚어 보는 작품인가' 하는 나름대로의 짐작을 했다. 아마도 일탈의 선택 앞에서 번민하는 인간의 내면을 심도 있게 그리지만, 정작 그 선을 쉽사리 넘지는 못할 것이고, 설사 그렇다 하더라도 금세 돌아오고 말 거라며 마음을 놓았던 건 독자로서의 실수였다.

두 번째 편인 「몽고반점」은 보편적 욕망의 선을 가볍게 넘어 버렸다. 몽고반점이 변명의 키워드로 떠오르고, 형부와 처제는 일탈을 통해 '예술과 작품'이라는 합리성을 추구했다. 마치 TV 드라마가 보여 주는 희소한 상황의 늪에 빠져 버린 것이다. 3편인 「나무 불꽃」은 다른 방향으로 나아가는 게 좋지 않았을까. 2편을 어떻게든 수습하든가 새로운 국면으로 승화했다면 하는 여운이 남는다.

예전에 「강남스타일」이라는 노래가 지구촌을 휩쓴 때가 있었다. 강남스타일의 노랫말은 아이러니한 풍자를 담고 있다. 하지만 세계적인 히트 속에 마치 강남스타일이 곧 한국 스타일이라는 오해도 남겨 버렸다. 이 책이 세계적인 상이라는 '맨부커상'을 수상한 것은 고무적인 일이다. 하지만 채식주의자가 맨부커상을 수상하면서, 이야기 속 인물들의 정신세계가 오늘날의 한국인들을 대변한다고 오인된다면?

가슴의 소리를 따르자

『맨땅에 헤딩하기』, 고금란, 호밀밭

|

정 순 희

하얀 표지는 아무런 욕심이 없는 듯했지만 제목은 강렬했다. 맨땅에 헤딩을 하면, 그다음이 상상되었다. 순한 아이가 벌이는 저항 같은 목소리였다. 어쩔 수 없이 이 책을 모시고 왔다. 더구나 저자가 마음의 여러 겹을 꿰뚫어 보는 소설가란 사실에 후회하지 않을 거라 확신했다. 역시 판단은 빗나가지 않았다.

저자 고금란은 부산 영도에서 태어나 1994년 〈문단〉 겨울호에 단편소설 『포구 사람들』을 발표하며 작품 활동을 시작했다. 『바다표범은 왜 시추선으로 올라갔는가』

『소 키우는 여자』등의 소설과 『그대 힘겨운가요 오늘이』
란 산문집도 펴냈다.

관념적인 말로 인생사를 관조하는 정적인 수필도 대단
한 매력이 있겠지만 맨땅에 헤딩한 저자의 역동적인 모
습과 솔직담백한 저자만의 역할 이야기는 내 삶에도 변
화의 불씨를 지폈다.

> "삶은 정답이 없는 각자의 여정이다. 어차피 태어나는
> 자체가 맨땅에 헤딩이고, 보장된 것이 하나도 없는 길을 가
> 는 일이다. 나는 고민이 짧고 일부터 저지르고 드는 기질이
> 라 현실적으로 감당해야 하는 몫이 많았던 것 같다. 좋게
> 해석하면 가슴의 소리에 따랐다는 말이고. 계산 없이 즉흥
> 적으로 살았다는 뜻이기도 하다. 그래도… 용케 여기까지
> 왔다. 오늘도 굳은살이 박힌 이마를 쓰다듬고 낡아가는 몸
> 도 한번 안아주자."
>
> - 머리말 중에서

정답이 없는 삶의 여정에서 가슴의 소리에 따랐다는

저자의 말이 귀에 쏙 박혔다. 타인의 시선이 항상 우선순위가 되어 바쁘게 살아가던 어느 날 내가 없다는 생각이 든 적이 있었다. 언제나 그것이 최선의 삶, 정답이라고 여기며 달려온 나를 휘청거리게 만든 순간이었다. 그럴수록 간절히 가슴의 소리를 따르고 싶었다. 그러나 그 소리가 오류를 범하기라도 할까 봐 용기를 못 냈다. 이제 그 놈의 용기라는 것을 내려고 할 때 청춘의 시간을 한참 지나왔다는 것을 알았다. 그래도 굳은살이 박힌 이마를 쓰다듬는 저자의 말에 스스로를 위로할 힘을 얻었고 지금도 늦지 않았음을 자각했다.

시골살이의 갈등으로 부산으로 돌아갔던 이야기, 다시 돌아온 고등골 시골집이 더 절실하게 된 사연도 솔직하게 들려준다. 배추농사를 짓고, 장을 담그고, 부산까지 한달음에 달려가 오카리나를 배우고, 인도로 날아가 신체적. 심리적, 영적 고통을 다루게 된 부분은 사람과 자연을 대하는 저자의 진정성이 오롯이 느껴지는 대목이었다.

치매를 앓았던 시어머니와의 인연은 우리의 근본을 돌

아보게 했다.

"여러 가지 복잡한 절차를 거쳐 어머니를 모시고 왔다. 우선 약을 그만 드시게 하고 매일 꽃과 음악과 아로마 향으로 내 마음을 전했다. 어머니는 아는 듯 모르는 듯 배냇짓이나 옹알이를 하면서 잠만 잤다. 스스로 자세를 바꾸지 못하니 입에 넣어주면 받아먹고 안 주어도 투정하는 일없이 그냥 아기처럼 똥 싸고 오줌을 쌌다… 백 번 째 생일잔치를 허락한 그해 가을 햇살이 눈부시게 하는 오후 2시 무렵 어머니는 잘 익은 감이 제 무게를 견디지 못하고 떨어지는 것처럼 조용히 생명줄을 놓으셨다. 나는 홀로 어머니 곁을 지켰다."

- p 100

아흔다섯 살의 시어머니를 요양원에 모셨다. 형제들 모두 어머니와 함께 할 수 없는 타당한 이유을 댔다. 저자도 마찬가지였다. 어느 날 시어머니를 뵈러 갔을 때 간병인이 늘 하던 대로 시어머니의 아랫도리를 훌렁 벗기고 아무렇지도 않게 기저귀를 갈아주는 모습을 보았다. 그날 저자는 시어머니를 집으로 모셔오기로 마음먹었다. 최소한의 자존심을 지켜드리고 싶어서였다. 힘든 것 불편한 것 계산하지 않았다. 가슴에서 울리는 소리에 즉각 움직인 것이었다. 삶의 말미를 저자에게 허락한 어머니와의 인과관계에 감사드리며 존재에 대한 깊은 경배를 드리고 싶었다는 저자의 고백에 눈시울이 시큰거렸다. '인간의 비극은 고통 때문이 아니라 순간순간 놓쳐버리는 것들 속에 있다' 누군가의 이야기처럼 오늘 날 눈만 뜨면 일어나는 다양한 비극의 얼굴이 근본적인 관계를 소홀히 한 우리의 어리석음에서 비롯된 것이 아닐까 생각했다.

"살다 보면 표현은 달라도 마음이 같은 사람이 있고 같은 표현을 쓰지만 마음이 따로인 사람도 만나게 됩니다. 잊을 것을 잊지 못하면 마음의 짐이 되고 포기할 것을 포기하지 않으면 장애가 된다는 것을 알기까지 오랜 시간이 걸렸습니다. 그러나 아무리 많은 시간이 흘러갔어도 잊어서 안

될 사람과 잊혀지지 않는 순간이 있기 마련입니다. 그런 사람과 기억들은 보석처럼 반짝거리고 살아가는 이정표가 된다는 사실을 나는 압니다."

이런 지혜가 내 것이 되기까지 시간이 걸린다는 건 당연한 일이리라. 하지만 숱한 시간을 보내고도 이런 마음을 얻지 못한다면 얼마나 낭비한 삶일까? 저자는 고마워할 일에 고마워했고, 마음을 표현하고 싶을 때 주저하지 않았다. 남편의 사업이 휘청거릴 때 두 달 밀린 물건 값을 받으러 갔을 때도 사색이 된 상대방에게 아무 말도 못하고 거금의 돈을 포기했다. '그래서 그의 인생은 손해만 봤습니다.' 가 아니라 그의 주변에는 보석처럼 반짝이는 사람들이 남았다. 그런 면에서 저자는 맨땅에 헤딩부터 하는 사람이 맞았다. 그렇지만 붉은 피와 같은 아픔의 순간을 의미로 바꾼 능력자이기도 했다.

인간의 삶에 한 가지 정해진 답이 있다면 얼마나 따분했을까? 각자 자기만의 역할과 주어진 길을 충실히 걸어가면 된다. 순한 아이의 저항은 가슴의 소리를 따르자는

것이었다. 설령 가슴의 소리가 오류를 범한다 할지라도
그 오류에서 돌아설 때 우린 또 무언가를 얻을 테니깐.

소외와 단절의 시대에 희망과 소통을 외치다

『빛나-서울 하늘 아래』, J.M.G. 르 클레지오 저,
서울셀렉션

|

정 종 윤

노벨문학상을 받은 유럽의 저명한 소설가가 서울을 배경으로 소설을 쓴다면, 어떤 내용을 펼쳐 놓을까. 『빛나-서울 하늘 아래』(이하 '빛나')는 그 질문에 대한 대답이다. 저자는 프랑스의 소설가 르 클레지오. 2008년 『사막』이란 소설로 노벨문학상을 수상했다. 프랑스의 유명 소설가가 대체 머나먼 타국 땅의 도시에 왜 관심을 가지게 되었을까.

"거리는 모험의 공간이었다."

주인공 빛나는 서울의 거리를 이렇게 표현한다. 이 문장으로 프랑스 문호의 동기를 설명할 수 있지 않을까. 빛나는 어촌이 고향인 18살 소녀다. 클레지오가 주인공으로 지방 출신의 아가씨를 선택한 이유를 짐작하기는 어렵지 않다. 우리 사회의 민낯을 거의 매일 만날 가능성이 크기 때문이리라. 빛나가 본 서울의 거리는 아름답기만 한 것이 아니다.

"마음을 나눌 수 있는 누군가를 만나기가 거의 불가능한 서울이라는 도시."

가족들은 서로 할 일을 떠넘기고 스토커가 기분 나쁜 시선으로 쳐다본다. 남자들은 정중하지만 여자들에게 차갑다. 서로에게 별 관심이 없으면서 서로의 필요에 의해 관계가 지속되는 곳. 타국 땅 소설가가 어촌 출신 여학생이 본 서울의 모습이다. 빛나는 서울에 사는 사람들을 관찰하고 이야기를 만든다. 그것은 무엇 하나 평범하지 않다. 초보 살인자의 이야기, 실패로 마감하는 가수 나비의 이야기 등 서울에서 고군분투하지만 실패하는 이야기가 대부분이다.

'빛나'는 두 개의 이야기가 동시에 진행되는 소설이다. 빛나의 일상과 주변 사건, 빛나가 지은 이야기의 두 가지다. 직업을 쉽게 구할 수 없어 생활고에 시달리던 빛나는 살로메라는 여인에게서 특이하지만 거부할 수 없는 제안을 받는다. 충분한 사례금을 받는 대신 만날 때마다 이야기를 해달라는 것. 살로메는 근육이 퇴화되는 병을 앓고 있다. 움직이지도 못하고 침대에서 최후를 맞이해야 하는 비극적 운명이 기다리고 있지만 살로메는 그저 죽음을 기다리는 것이 아니라 필사적으로 빛나의 이야기를 들으며 자신의 남은 시간을 쓴다.

단절된 삶을 살아가는 살로메에게 빛나의 이야기가 세상과의 유일한 통로이듯, 살로메를 만나며 빛나 또한 이야기를 매개로 소통하기 시작한다. 서울 사람들과 마찬가지로 타인의 삶에 관심이 없던 빛나는 자신의 이야기에 울고 웃는 살로메와 함께 하며 조금씩 달라진다. 비극과 절망으로 일관되던 빛나의 이야기에도 희망이 깃들기 시작한 것.

즉 '빛나'는 단절된 사회에서 이야기라는 소통 도구를 통한 성장과 삶의 긍정을 외치는 소설이라 하겠다. 죽음을 침대에 누워 기다릴 수밖에 없는 운명이지만 그 속에도 무언가 할 수 있다. 그것이 비록 '타인의 이야기 듣기'라는 소극적 형태일 수밖에 없지만 그 삶이 가치 없다고 누가 감히 말할 수 있겠는가. 살로메는 모든 삶이 가치 있으며 긍정해야 한다는 것을 웅변하는 인물이다.

살로메가 죽자 빛나는 진심으로 슬퍼한다. 그리고 담담하지만 단호하게 선언한다.

"나는 서울의 하늘 밑을 걷는다. 이 도시에 나는 혼자다. 내 삶은 이제 시작이다."

프랑스의 문호가 단절되어 살아가는 서울 사람들에게 전하고 싶은 희망과 긍정의 메시지 아닐까.

타인의 세계를 들여다보는 근대적 지성
『국화와 칼』, 루스 베네딕트, 혜원출판사

정 종 윤

　제목이 멋있다. 처음에 책을 집어 들며 든 생각이었다. '일본' 과 관련 있을 거라는 생각은 하지 못했다. 일본에 한 번도 가보지 않은 인류학자의 일본인에 대한 연구서. 책에 대한 소개를 보며 곧바로 반감이 올라왔다. 현지에 한 번도 가보지 않고 어떻게 현지인들을 이해할 수 있다는 말인가. 학자라는 사람들 특유의 오만함, 그리고 왠지 모를 지적 태만이 느껴져서 화가 났다. 그런데 이 말도 안 되는 작업을 저자인 루스 베네딕트는 근사하게 해낸다.

　개인적으로 책의 5, 6장의 내용에 특히 감탄했다. 5, 6

장은 일본인 특유의 '은혜恩'라는 담론을 통해 일본인 사이의 인간관계를 조명한다. 책을 읽으면서 나는 베네딕트의 방법론에 대한 궁금증이 생겼다.

알지 못하는 타인의 세계관을 어떤 방법으로 파악할 수 있다는 말인가?

베네딕트는 일본인의 담론에 주목한다. 예를 들어 책의 5, 6장에서는 일본인의 평상시 대화에서 나누는 '은혜恩'의 앞뒤 맥락을 살펴보고 그것이 서구에서 쓰는 그것과는 어떻게 다른 지 분석하고 구분한다. 이런 작업을 통해 저변에 깔린 일본인의 인간관계에 대한 기본적 전제를 끄집어낸다. 이는 비단 5, 6장만의 방식이 아닌 『국화와 칼』 전체를 통틀어 보여주는 방식이다.

그렇다면 베네딕트가 보았을 때 일본인의 인간관계 저변에는 무엇이 깔려있는가? 바로 '부채의식'이다. 그에 의하면 '은혜는 부채이며 본래 의미는 빚이다.' 인간관계를 통해 받은 호의는 '댓가 없는 선의'가 아니라 '반드시 지불해야할 외상'이다. 가장 근본적인 '부모-자식' 관계도 마찬가지다. 부모가 자식에게 베푸는 보살핌도 자식이 생애동안 갚아야 하는 빚이다. 중요한 덕목인 '효'는 빚을 갚는 행위다. 이는 반드시 갚아야할 채무이며 이를 제대로 이행하지 않을 경우 '인간 말종'이라는 낙인을 받는다.

한국의 '부모-자식' 관계도 이 틀에서 크게 벗어나지 않는다는 점에서 베네딕트의 분석은 눈길을 끈다. 우리의 '효'에도 빚의 의미가 내포되어 있음을 추측할 수 있다. 분명 부모에 대한 배려로써, 댓가를 바라지 않는 선의로써 효를 생각하는 서구인들과는 다르다. 이를 통해 일본인의 인간관계가 서구적인 '선의'나 '경제적 이해관계'와는 성격이 다름을 파악할 수 있는 것이다.

『국화와 칼』을 통해 베네딕트는 일본인의 주요 담론을 분석하여 서구인들과 어떻게 다른지 구분하면서 그들의 세계를 해명한다. 책이 처음으로 출간된 것은 1940년대지만 아직까지 일본인에 대해 이만큼 체계적으로 접근하여 그들의 세계를 해명해낸 책은 드물다는 평가에 대해 절로 고개가 끄덕여진다. 『국화와 칼』은 서구의 학문적 지성이 어떻게 낯선 타인을 이해하는지를 잘 보여주는 전범과도 같은 책이다. 이런 의미에서 이 책은 근대 학문의 대표적 성과이며, '고전'의 반열에 올리는 것에 대해 수긍할 수밖에 없을 것 같다.

부조리라는 존엄

『이방인』, 알베르 까뮈, 김화영 옮김, 책세상

정 종 윤

"엄마가 죽었다, 어제. 어쩌면. 모르겠다."

유명한 『이방인』의 첫 문장이다. 마음에 커다란 균열을 낸다. 작품을 읽는 동안 조금씩 더 벌어진다. 뫼르소는 어머니의 부고를 듣고 요양원으로 가서 장례를 치른다. 그러나 그의 태도는 뭔가 모를 불편함과 위화감을 일으킨다.

"모두 관이나 지팡이 한 가지만 바라보고 있다. 여자는 여전히 울고 있다. 울음 소리를 그만 듣고 싶었지만 그만 울라 할 수도 없었다."

예민하면서도 절제된 문체가 침잠된 장례식 분위기를 효과적으로 드러낸다. 동시에 고인을 애도하지도 않고 슬퍼하지도 않는 덤덤한 그의 태도는 어딘가 불편함을 자아낸다. 장례식을 끝내고 그는 여자와 데이트를 하고 코미디영화를 본다. 회사에 복귀해 평소와 다름없이 일을 한다.

모든 것이 지극히 순탄하다. 장례식은 순탄한 일상에서 잠깐 일어난 해프닝일 뿐. '모친의 죽음' 앞에서 보여주는 그의 태도를 주변 사람들은 잠시 이상하게 보지만 문제 삼지 않는다. 뫼르소도 그의 주변도 '뭔가 불편한 순탄함'을 심각하게 생각하지 않는다. 정작 뫼르소가 불편하게 생각하는 것은 '햇빛'이다. 햇빛은 장례식에서부터 그를 성가시게 한다. 햇빛의 성가신 느낌을 없애려고 어떤 남자를 총으로 쏘기까지 한다.

만사 덤덤한 그가 왜 햇빛에 구애받은 것일까?

그에게 사람이나 햇빛은 별 차이가 없다. 주변 사람은 그저 관찰의 대상일 뿐 호기심 이상의 관심은 없다. 오히려 햇빛은 그를 피곤하게 하고 주의를 분산시킨다. 즉, 뫼르소는 감각적인 느낌에 따라 주변을 바라본다. 결혼조차 그는 감각적으로 받아들인다. 여자 친구가 제안에 깊이 생각해보지도 않고 승낙한다. 심지어 자신의 목숨을 다루는 재판에 대해서도 별다른 관심을 보이지 않는다. 그다지 감흥을 느낄 수 없기 때문이다. 그저 웃기고 뭔가 어긋나는 이야기를 주고받는 시간낭비라고 생각한다.

하지만 사형선고를 받게 되자 덤덤하던 뫼르소도 삶의 의미를 따져보기 시작한다. 죽음 앞에 삶은 무엇이고 자신의 가치는 어디에 있는지 검토하게 된 것이다. 『이방인』 전체를 통틀어 뫼르소가 유일하게 감정을 드러내는 장면이 이때 나타난다. 바로 사형 전 성직자와 만나는 장면이다. 성직자가 그에 대해 "다 이해하고 용서한다."라는 식의 말을 하자 격렬하게 화를 내며 거부한다.

"사람은 누구나 특권을 가진 존재다. 그 누구도 엄마의
죽음에 눈물을 흘릴 권리가 없다."

그는 모든 인간을 이해할 수 있다는 종교의 태도에 대
해 극도의 혐오감을 드러낸다. 인간이란 '쉽게 이해될 수
없는 존재'이며 완전히 이해하는 것은 불가능한 '부조리
한' 존재임을 분명히 한다. 신조차도 그를 구원할 자격은
없으며, 고립되고 버림받은 죽음을 선택함으로써 자신의
가치를 증명하고자 한다. 인간은 부조리함으로써 존엄하
다고 주장하는 것이다.

『이방인』의 메시지는 첫 문장만큼이나 커다란 균열을
낸다. 이 길지 않은 소설을 반복해서 읽게 만드는 매력인
지도 모르겠다.

신발 밑에는 대지가 있다

『순례자』, 파울로 코엘료, 문학동네

정 화 섭

  떠나고 싶을 때가 있다. 발이 퉁퉁 붓도록 걷고 싶을 때가 있다. 이 책을 다시 껴안은 지금, 모감주나무 노란 꽃이 약간의 바람에도 맥없이 후루루 떨어진다. 사방팔방 가볍게 흩어지는 모습이 본연의 자신을 찾아가는 듯하다. 또다시 시간은 시간을 껴안고 흐른다. 내가 걷고 있는 이 길이 마치 스페인 지도 위의 신비로운 산티아고 순례길이듯, 발은 대지를 밟는다.

  파울로 코엘료는 1986년 갑자기 모든 것을 내려놓고 산티아고 데 콤포스텔라(별들의 들판)로 순례를 떠난다. 이때의 경험은 코엘료의 삶에 커다란 전환점이 된다. 그는 이 순례에 크게 감화되어 첫 작품인 『순례자』를 발표함으로써, 그때까지 꿈으로만 머물러 있던 작가의 길을 걷는다. 그리고 1988년 자아의 연금술을 신비하게 그려낸 『연금술사』의 대성공으로 세계적 작가의 반열에 오른다.

"배는 항구에 있을 때 가장 안전하지만, 배는 항구에 머물기 위해 만들어진 게 아닙니다."

- P 35

우리는 지나가는 시간 속에서 무엇을 갈구하며 우리가 끝내 이르게 될 항구는 어디인가? 계곡 주위로 펼쳐진 피레네산맥이 음악과 아침 햇볕을 받아 다양한 색채로 성큼성큼 다가와 물이 든다. 인간이 까마득하게 잊고 있었던 태곳적의 한 장면을 당겨 놓는다.

"오늘 나는 작은 씨앗이 되었다. 내가 빠져있던 깊은 잠과 대지가 안락함으로 가득 차 있음에도 불구하고, 난 저

높은 곳의 삶이 훨씬 더 아름다운 것임을 발견했다. 난 내가 원하는 만큼 새롭게 또다시 태어날 수 있었다."

시간의 리듬을 결정하는 건 우리 자신이다. 성장하기 위해서는 계속 움직여야 하며, 격렬한 지진이나 태풍과 폭우 역시 자연의 여정 중에 있는 순항이라는 것을 알 수 있다. 산티아고 순례 길은 평범한 사람들의 것이었다.

"내가 인간의 여러 언어를 말하고 천사의 말까지 한다 하더라도, 하느님의 말씀을 받아 전할 수 있다 하더라도, 온갖 신비를 꿰뚫어보고 모든 지식을 가졌더라도, 산을 옮길만한 완전한 믿음을 가졌다 하더라도, 사랑이 없으면 나는 아무것도 아닙니다."

- P 148

사랑은 변화를 부른다. 세속의 삶으로 가득한 껍데기가 부서져야만 진정한 삶이 모습을 드러내듯, 사랑은 인생에서 가장 중요한 충만한 삶을 즐기게 해줄 것이다.

혼란스런 의식으로 인한 무기력이, 저물녘의 황혼처럼
내려앉을 때는

> "검을 가진 자는 검이 칼집에서 녹슬지 않도록 끊임없이
> 그것을 사용해야 한다."   - P 207

이 구절을 읊조려도 좋으리라. 육체가 음식을 먹어야
사는 것처럼 영혼은 꿈을 먹어야 살 수 있으니까. 이 또
한 우리네 삶 속에서 살아남고자 하는 염원인지도 모른
다. 그리스도는 부정한 여인은 용서했지만, 열매를 맺지
않는 무화과나무는 저주했다고 한다.

우리에게 에너지가 부족할 때 이 책은 위안이 된다. 그
동안 느꼈던 소소한 감정에 사랑으로 답하며, 길 위의 모
든 것과 대화하며 걸어도 좋으리라. 희미한 달빛이든, 검
은 밤이든, 새롭게 태어날 새벽이든, 아니면 나긋나긋한
태양의 품이든, 복합적인 뒤섞임 속에서 바람처럼 영혼
을 부드럽게 어루만지며…. 목표에 도달하는 최선의 방
법을 가르쳐주는 것은 언제나 길이기 때문이다.

여름을 마주하며

『한여름 밤의 꿈』, 셰익스피어 전집 7, 전예원

정 화 섭

여름밤엔 들뜬 바람처럼 환상의 여행을 하자. 고여 있
는 공기가 뜨겁게 떠올라, 제자리로 떨어지며 무거운 그
림자로 깔릴지라도, 굴려보는 생각들로 한껏 날개를 달
자. 마치 시인 슈티프터의 저서 『색이 있는 돌』처럼 비밀
스럽게 흘러가도록 내버려 두자.

이 작품은 영국의 시인·극작가 윌리엄 셰익스피어의 5
막 희극으로 1594~1595년의 작품으로 추정된다. 제1막,
제2막, 제3막, 제4막, 제5막을 4계절 중에서 하지를 전후

한낮이 가장 긴 한여름으로 몰아넣으며, 언어의 윤기와 맥박을 한껏 느끼게 한다.

아테네에서 3마일 떨어진 곳 나무를 쳐낸 공지에 이끼가 자라고, 그 주위에 수목들이 빽빽이 둘러싸여 있다. 물론 달밤이다.

> "큰 도토리나무 앞의 잔디밭, 그 나무 뒤에는 높은 둑이 있고 덩굴이 늘어져 있다. 그 한쪽은 가시덤불. 꽃향기가 자욱하다."

- P 47

이제 풍경이 베푸는 지복들과 더불어 환상의 여행인 듯, 마음속의 장막들을 걷어 버리고 책 속에 나오는 인물들을 따라가며 흠뻑 젖으면 될 것이다.

무대 극작가의 관점에서 셰익스피어의 작품들을 현장감 있게 분석 비평한 그랜빌 바커는 이렇게 말한다. "셰익스피어는 성격 창조에 늘 관심을 가졌고, 그 관심은 점차 깊어졌지만 그 관심을 떠나서 만들어진 것으로 여겨지는 극이 꼭 하나 있다. 그것이 바로 '한여름 밤의 꿈'이다." 이 작품을 읽어보면 상상의 풍부함과 비유의 탁월함으로 개성보다는 상황에 더 중점을 두고 있다는 것을 알 수 있다.

'한여름 밤의 꿈'은 판이하게 다른 네 개의 큰 덩어리로 틀을 형성하고 있다. 귀족인 디슈스와 히펄리터와의 결혼이야기를 비롯하여, 라이샌더와 허미어, 디미트리어스와 핼리너가 펼치는 젊은 연인들의 미묘하고도 엇갈리는 감정의 사랑이야기, 그리고 요정의 왕 오우버런과 요정의 여왕 타이테이니어와의 불화 이야기, 마지막으로 보틈 일행의 소인극이 초자연적인 힘을 입어 감미롭고도 친근한 관계를 맺는다.

낭만주의의 유명한 작곡가인 멘델스존(1809~1847)은 1826년 '한여름 밤의 꿈'을 읽고 그 환상적이고 신비로운 느낌에 매료되어 서곡으로 그 꿈을 실현했다. 이 놀라운 음악에 감격한 슈만도 '마치 요정이 직접 연주를 하는 듯하다'며 칭찬을 아끼지 않았다. 그로부터 17년 후 다시 한 번 '한여름 밤의 꿈'을 꾸기 시작한 맨델스존은 1843

년 전곡을 작곡했다. 그래서 작품번호도 21번과 61번으로 구분이 된다.

> "저희 배우들은 그림자로소이다. 여러분을 언짢게 하였더라도 이렇게만 생각하여 주십시오. 즉 여러분이 잠시 졸고 계시는 동안 꿈을 꾸신 거라고. 그러면 마음이 화평하실 겁니다. 초라하고 허황된 연극이긴 하지만 한갓 꿈같은 것이오니 여러분 너무 꾸지람 마십시오."
>
> - P 118

맺음말에서 퍼크가 한 말이다.

그대, 여름밤엔 창문을 열어두자. 하늘도 한껏 껴안아야 하니까. 물론 두 눈은 감고서 말이다. 이때 맨델스존의 '한여름 밤의 꿈'을 배경으로 깔아 놓으면 더 좋으리라. 달빛에 물든 요정의 날갯짓까지 섬세하게 들을 수 있을 테니까. 세상만사 얽히고설킨 모든 것들이 몽롱한 환상 속에서 한바탕의 꿈을 꾸게 하자. 설사 이것이 공중에 모래성을 쌓는 일일지라도….

여자도 못 생길 자유가 있다

『못생긴 여자의 역사』, 클로딘느 사게르 지음, 호밀밭

정 화 섭

　프랑스의 사회학자이며 철학 교수인 클로딘느 사게르는 우리나라에 처음 소개되는 저자이다. 아름다움과 추함의 문제를 정치, 사회, 문화, 예술과의 관계에서 폭넓게 다루고 있다. 이 책은 근본적으로 여성 혐오의 긴 역사를 추적해 놓았다. 그 다양한 스펙트럼 속에서 체계화된 내용을 통해 여성의 고통을 실감나게 한다. 그러면서 저자는 남성들이 읽기에는 좀 불편할 수도 있다는 생각도 곁들인다. 클로딘느 사게르의 연구는 그동안 여성들이 갇혀있던, 그리고 오늘날 여성들이 그 굴레를 어떻게 벗

어나야 할지를 설명해준다.

못생긴 여자들은 못생긴 남자들보다 비인간적인 대우를 받아왔다. 수천 년 동안 이어온 '추함의 계보' 속에는 추녀는 죄인처럼 취급되었다. 여자가 추하다는 것은 육체가 그렇다는 것이며, 남자가 추하다는 것은 정신이 그렇다는 것이었다. 칸트나 프루동, 콩트처럼 혜안을 가진 뛰어난 철학자나 사상가들조차 자유를 요구한 여성들을 육체적으로 추하게 그렸다. 외모가 추하면 온전한 여성으로 인정받지 못할 뿐만 아니라, 개인적으로 이룬 성취에 대한 평가마저 절하된다.

남성은 형상에 견주어 완전하고 아름답게 표현했다. 그리고 추함은 질료에 관한 어휘들로 정의되었고, 그 대상은 언제나 여성이었다. 남성의 추함과 여성의 추함 사이에는 늘 심한 불균형이 존재한다. 늙어가는 남자에게는 '근사하다'라고 말하지만 늙어가는 여자에게는 그냥 '쪼그랑 할머니'라고 한다. 남자의 주름살은 연륜이고 여자의 주름살은 추하게 보일 뿐이다. '참치', '뚱뚱한 암소', '궤짝', '레드롱laideron'[7]은 매력이 전혀 없는 못생긴 여자를 부르는 말들이다.

이 책은 1부, 원죄로서의 추함. 2부, 자연의 실수. 3부, 아름다움의 의무로 구성되어있다. 여성의 존재 자체를 추하다고 본 고대 그리스와 르네상스 시대, 여성성에 문제를 제기했던 근대 시대, 여성이 추한 외모의 책임자, 죄인이 되어버린 현대를 조명한다. 여성의 추함은 생리학적 특성으로, 지적 능력으로, 도덕성을 기준으로 시대의 흐름에 따라 다르게 규정되어 왔다. 추함은 여성을 폄하하는 근거가 되었고 나아가 외모지상주의를 낳았다.

"칸트는 『실용적 관점에서의 인간학』에서 여성에게 책이란 모든 사람이 볼 수 있도록 손목에 차는 시계와 같다.

---

7) 오늘날 못생긴 여자를 부를 때 사용하는 말 중에 '레드롱 laideron'이 있다. '레드롱'은 아주 오래된 말이다. 『르 리트레』에 사전에 여전히 수록되어 있다. 이 어휘는 여성형이다. 예를 들면 콜레트Ceorge의 『포도나무 덩굴손』에 "월의 바이올렛, 못생기고 향도 별로 진하지 않은" 구절에 형용사로 등장하기도 하고, 조르주 상드George Sandd의 『꼬마 파데트』에서는 "나처럼 못생긴 여자랑 춤추려고 예쁜 애를 그냥 무시했구나"로 보통명사로 사용되기도 한다.

고장이 나서 가지 않아도 시간이 안 맞아도 상관없다고 쓴다. 여성에게 사고란 일종의 장신구란 것이다. 가지고 있다는 것만을 뽐낼 뿐, 여성은 지식을 체화하지 못한다. 그래서 액세서리라고 했다."

- P 136

여성의 성공을 열정의 결과라고 보기보다는 유혹의 능력으로 보았기 때문이다. 아름다움과 지능은 양립될 수 없다는 여성에 대한 편견이었으며, 여자의 추함은 증오와 배척, 비난과 폭력의 이유가 되었다.

못생긴 여성의 역사를 복기해 보면 첫째는 여성으로 태어남 자체가 추함이었다. 둘째는 자연의 실수가 빚어낸 결함으로서의 추함이었다. 이어서 세 번째가 정신적 결함으로 인한 추함이다. Hume는 추함의 본질은 곧 고통이라 했다. 자신의 모습에 죄책감을 느끼며 미움 받아 마땅한 사람으로 인식하게 된다. 예쁜 여자 얼굴에 난 점은 매력점이지만 못생긴 얼굴에 난 점은 결점이기 때문이다. 동화 속에 나오는 여성 등장인물은 그 연령이 다양하다. 등장인물의 아름답고 추한 외모는 생김새를 넘어 상징성을 가진다. 아름다운 외관을 가진 사람은 선이 되고 추한 외관을 가진 사람은 악이 된다. 동화 속의 마녀는 흉측하고 악독하다. 남자의 신체적 추함은 사랑으로 바뀔 수 있지만 여자의 신체적 추함은 사랑으로 바뀔 수 없다는 것이다.

"다비드 르 브르통은 '아름다움은 노력을 통해 만들어내는 영리한 연출의 결실이다. 아름다움은 그저 얻어지지 않는다. 빛이 나도록, 매일 같이 살피고, 관리하고, 향상시켜야 한다.' 아름다움이 윤리였다. 이 같은 변화에 주목하며 마르셀 고세는 '나는 생각한다, 고로 존재한다'가 '나는 바로 내 몸이다'로 바뀌는 '육화된 코기토'가 나타난다."

- P 220

못생긴 사람은 죄인이었다. 더불어 육체에 대한 투자가 급증하고 '재현'이 중요해지며, 우리는 이미지의 홍수 시대를 맞고 있다. 화장품 회사들은 새롭고 혁신적인 모험을 감행한다. 아름다움은 여전히 성공과 행복으로 가는 통행증이기 때문이다.

추함에 대한 클로딘느 사게르의 연구는 방대한 양의 정보와 엄밀한 논거를 바탕으로 한다. 우리는 이 책에서 추함의 정의가 어떻게 진화되어 왔는지 알 수 있다. 현대에 이르러 여성은 스스로 외모의 책임자가 되어야 한다는 부담을 느낀다. "늙은 여자가 된다는 것은 적어도 우리 사회 안에서는 보통 일이 아니지요." 시몬느 드 보부아르의 말이다.

"1975년, 마리안느 아른느 감독이 만든 영화 「노인의 나라를 산책하다」에서 보부아르는 어떤 의미에서는 죽음이 다가오고 있다는 공포보다 늙고 있다는 것이 더 싫다."라고 했다.

- P 229

추함은 정체성을 장악한다는 사르트르의 주장대로 수치심은 늘 타인과 관련을 맺는다.

아름다움에 대해 다룬 책들은 많지만, 움베르토 에코의 『추의 역사』나 몇몇 책을 제외하면 추함을 다룬 연구는 실질적으로 없음을 알 수 있다. 이제 우리는 여성에게 강요된 아름다움이 부당하다고, 억압과 차별의 이유가 될 수 없음을 알아야 한다. 투르니에가 쓴 한 구절처럼 "여성들에게 못생길 권리를 부여해야 한다."고 외쳐야 한다. 중요한 것은 나에게 잘 어울리는 스타일을 발견하고, 존재감 자체로 빛나면 되기 때문이다.

연못에서 임을 찾다

글 _ 임 정 희

불국사 기행에서 무엇을 읽고 올 것인가.

현진건의 소설 『무영탑』의 소재가 된 석가탑과 영지(影池-그림자 못) 탐험이 그 목적이다. 『무영탑』 소설 속에서 내게 관심사는 영지였다. 석가탑은 불국사 경내에서 쉽게 볼 수 있는데, 영지는 그 실존이 아리송했다. 아사녀가 수면에 석탑이 어린다고 믿었던 그 영지는 어디에 있을까, 과연 있기는 할까?

이 기행은 '학이사독서아카데미' 5기 수료 여행이다. 이를 우리는 '자연 읽기'라고 하였다. 나는 처음 듣는 이 아름다운 단어에 기행 못지않게 마음이 두근거렸다. 그 마음만큼 1등으로 집결 장소에 도착했다. 참석 인원이 다 탑승하자 버스는 시내를 벗어나 짙어지는 6월의 녹음 속으로 내달렸다. 실로 신라 천년의 흔적을 찾아가는 길이다. 하늘까지 맑아 '자연 읽기'를 환호하는 날씨였다.

버스가 불국사 주차장에 도착하자 일주문 앞에서 단체

사진을 찍었다. 천왕문을 지나 숲길을 얼마쯤 걸어 들어
가자 작은 연못이 나타났다. 다들 주춤거리며 멈춰 선다.
여기가 그 영지냐고, 내가 물었다. 안내를 맡은 서강님이
경주 문화관광 안내책을 펼쳐 보이며 "여기를 영지라고
합니다만 사실 영지는 저 멀리 있습니다."라고 하였다.
그때 현진건의 소설 『무영탑』에서 영지는 시오리 밖에
있다던 글귀가 떠올랐다. 사실 이 연못에 불국사 경내의
석가탑이 비취기에 꽤 먼 거리였다.

　조금 더 올라가자 불국사가 천년의 낯빛으로 그윽하게

서 있다. 그 위엄에 시선을 내리깔며 좌측의 연화교와 우측의 청운교를 바라보았다. 그 당시에 저 다리 아래로 어떻게 물이 흘렀다는 걸까? 누군가 의문스럽게 말했다.

"소설 속 주만이 배를 타고 저 다리 아래로 지났다 했으니 물은 흘렀던 거지."

"에게, 그건 소설 속이었잖아."

"아냐, 관광해설사가 실제로 저 두 다리 아래로 물이 흘렀다고 했어."

좌경루 문을 넘어서자 코앞에 우아한 다보탑이 우뚝

섰고, 그 뒤로 우람한 석가탑이 보였다. 많은 관광객들이 다보탑 앞에서 사진을 찍고, 어떤이들은 대웅전 석가모니불 앞에서 합장하고 소원을 빈다.

일행들은 목적지인 석가탑 주변으로 모였다. "저 석탑 3층 옥개석에서 두 가슴이 천둥 번개처럼 섬광을 일으켰던 곳이다." 하니 누군가 "저렇게 좁은 곳에 세 사람이 어떻게 올라갔을까요?" 했다. 눈치 빠른 몸종 '털이'가 등불을 들고 탑을 내려온 후, 아사녀가 천둥이 우르릉대는 빗속에서 자신의 뜨거운 사랑을 아사달에게 퍼부었던 곳이다.

무설전을 거쳐 비로전으로 올라갔다. 특이한 지권인을 한 비로자나불 앞에 멈추었다. 불국사 3대 금동불상 중하나이다. 비로전 마당 한쪽에는 사리탑과 함께 쪼그만 돌로 쌓은 한두 뼘 높이의 탑들이 즐비해 있다. 하나하나의 표정을 지닌 돌탑들이 일시에 마이산의 커다란 돌탑들을 연상시킨다. 초여름 산들바람이 단풍나무 아래 멈춰 선 일행들의 머리카락을 살랑살랑 흔들었다.

우리는 2차 목적지인 영지로 향했다. 소설 속 주인공들의 비애와 소설이 마무리된 곳이다. 도착하니 영지는 상당히 큰 저수지였다. 못가로 빙 둘러 데크 산책길이 조성되어 있었다. 못 위쪽에 작은 마을이 보이고 못 둑 아래에도 들판과 함께 큰 마을이 보인다. 뚜쟁이 '콩콩이 할멈'의 집은 아마도 저 위쪽 마을이었던 것 같다.

"여기에 석가탑 반영이 어려있네, 보이나? 나는 보이는데!"

누군가의 우스개에 모두 유쾌하게 웃는다. 불국사에서 여기까지 거리가 얼마인데 석가탑의 반영이 어린단 말인가.

일행은 3차 목적지인 영지 둑에 있다는 석불을 찾았다. 예상과 달리 놀랍게도 얼굴 형태가 없는 불상이었다. 눈, 코, 입, 그 어느 것 하나도 형체가 없었다. 기이했다. 누군가 의문을 던졌다. "이 불상의 얼굴이 세월에 훼손된 것인가, 아니면 원래의 모습인가?" 일행 모두는 훼손은 아닌 것 같다고 생각했다. '불상을 깎을 때 무슨 이유에서인지 저 상태로 완성된 것이다.' 이렇게 생각하자 비로소

소설 마지막 표현이 이해되었다.

아사달은 아사녀와 주만의 모습 중 어느 얼굴도 돌에 새길 수 없었다. 곧 화형을 당할 주만이 달려와 그 돌에 자기 얼굴을 새겨달라고 애원했다. 그 말을 남기고 주만은 화형 장으로 붙들려 가고 말았다. 그러자 영지에 몸을 던진 아사녀를 새기던 아사달은 두 여인 누구의 얼굴도 새길 수 없게 되었다. 머릿속에 두 여인의 모습이 오락가락하다 흐릿해져 버렸기 때문이다. 그래서 그는 얼굴 모습만 빼고 몸집만 불상으로 다듬은 후 스스로 영지에 몸을 던졌다. 이렇게 『무영탑』은 비극으로 끝을 맺었다.

'애초에 작가는 이 못가에 있는 얼굴 없는 석불을 보고 석가탑에 얽힌 설화를 배경으로 소설 플롯을 정했구나.'라는 생각이 들었다. 영지(그림자 못) 이름대로 수면에 주변의 물체 반영이 생기지 않는 못이 어디 있으랴. 그러나 불국사에서 시오리나 떨어진 이곳에 석가탑의 반영이 생긴다는 것은 어불성설이었다. 소설 속에서 '콩콩이 할멈'도 그랬다. '순진한 것, 거기서 여기가 어디라고 석탑의 그림자가 어려.'라고 하지 않았던가. 사실 이 영지는 작가가 설정한 장치였다.

얼굴 형태가 없는 불상도 자체만으로 예술성 가치는 있다. 불분명한 얼굴은 보는 이로 하여금 상상력을 불러일으킨다. 사람에 따라 그 불상이 비로자나불이 될 수도 있고 약사여래불이 될 수도 있다. 자기에게 절절한 그 무엇으로 받아들이는 것도 자유로운 만족이다. 작가 현진건이야말로 이러한 불상을 미리 보았기에 '주만과 아사녀'를 아사달과 함께 애절한 사연으로 엮을 수 있었다. 우리를 인솔한 선생님은 분명 작가의 애초 발상이었을 것이라고 강하게 긍정했다.

여태 불국사를 일곱 번이나 찾아왔던 나는 이번 여덟 번째 방문에서 달콤한 보람을 느꼈다. 속에서 솟구치는 남모를 희열이 목소리에 배어나왔다. 이것이 기쁨이라는 거로구나 싶었다. 오늘 단체 기행의 소득이 여기 영지와 석불에서 이루어졌기 때문이다. 혼자만의 생각이 아닌 여러 사람의 의견으로 소설 구성의 앞과 뒤를 유추하고 짜 맞추어 보는 재미도 쏠쏠했다. 혼자만의 기행이라면 맛볼 수 없었으리라.

무영탑, 말뜻 그대로 그림자 없는 탑이 어디 있겠는가.

불국사와 멀리 떨어진 곳에 있는 영지를 알고 있었던 것은 작가의 행운이었다. 그렇다 해도 불국사 시오리 밖에 있는 영지를 끌어다 소설에 논물을 댄 것은 작가의 능력이 아닐 수 없다. 그랬기에 '무영탑'이란 말이 결국 거짓 아닌 진실이 되었다. 실제의 그림자 못은 불국사 내에 있었을 것이다. 다만 천년이란 세월이 흐르면서 지형이 바뀌었을 뿐이다. 누가 뭐래도 나는 이 사실을 마음에 굳혔다. 소설 속 영지를 확인하러 가서 이런 소득을 얻었으니 뿌듯했다.

■ 학이사독서아카데미 연혁

2016.02.01. 학이사독서아카데미 설립

2016.04.07. 학이사독서아카데미 1기 개강 (주강 : 문무학
시인, 장소 : 학이사도서관)

2016.05.05. 시민과 함께하는 문학기행 - '완행열차 타고 책
읽기' (동대구 - 부산 기장)

2016.06.30. 1기 수료식 (학이사도서관)

2016.08.11. 서평모음집·1 『冊을 責하다』 발간, 출판기념회

2016.09.01. 학이사독서아카데미 2기 개강 (주강 : 문무학
시인, 장소 : 학이사도서관)

2016.10.11. 책방에서 만나다 - 영풍문고 대백점

2016.10.22. 시민과 함께하는 책 읽기 - '숲속에서 책 읽기:
숲에서 오감을 마시다' (화원동산)

2016.11.30 학이사독서아카데미 2기 수료식(학이사도서관)

2016.12.09. 시민과 함께하는 문학기행 - '대마도 하루 만에
읽기 : 소설 『덕혜옹주』 현장을 찾아서' (일본 대
마도)

2016.12.20. 독서동아리 '책 읽는 사람들' 설립 (1대 회장 :

정송)

2017.01.17. 책 읽는 사람들 독서토론 (『달과 6펜스』, 서머셋 모음)

2017.02.21. 책 읽는 사람들 독서토론 (『구운몽』, 김만중)

2017.03.14. 책 읽는 사람들 독서토론 (『동물농장』, 조지 오웰)

2017.03.14. 서평모음집·2『篤하게 讀하다』발간, 출판기념회

2017.04.06. 학이사독서아카데미 3기 개강 (주강 : 문무학 시인, 장소 : 학이사도서관)

2017.04.18. 책 읽는 사람들 독서토론 (『삼국유사』, 일연)

2017.05.06. 책 읽는 사람들 매일신문 토요일판 '내가 읽은 책' 코너 시작

2017.05.16. 책 읽는 사람들 독서토론 (『문학이란 무엇인가?』, 장폴 사르트르)

2017.06.06. 시민과 함께하는 문학기행- 소설 『현의 노래』 현장을 찾아서 (경북, 고령)

2017.06.13 책 읽는 사람들 독서토론 (『이상 소설 전집』, 이상)

2017.06.30. 학이사독서아카데미 3기 수료식 (대구출판산

업지원센터)

2017.07.11. 책 읽는 사람들 독서토론 (『한여름 밤의 꿈』, 셰익스피어)

2017.08.22. 책 읽는 사람들 독서토론 (『금오신화』, 김시습)

2017.08.22. 서평모음집·3 『討論을 討論하다』 출판기념회

2017.08.22. 학이사독서아카데미 백승희 원장 (사랑모아통증의학과 원장) 취임

2017.09.07. 학이사 독서아카데미 4기 개강 (주강: 문무학 시인, 장소 : 학이사도서관)

2017.09.18. 책 읽는 사람들 독서토론 (『그리스로마신화 1』, 이윤기 번역)

2017.10.01. 제1회 사랑모아독서대상-서평 공모(17.12.29. 까지. 주최 : 학이사독서아카데미, 사랑모아통증의학과. 후원 : 한국출판학회, 매일신문, 한국지역출판연대)

2017.10.16 책 읽는 사람들 독서토론 (『그리스로마신화 2』, 이윤기 번역)

2017.11.05. 시민과 함께하는 문학기행 - 『삼국유사』 현장
　　　　　　을 찾아서 (경북 군위 인각사)

2017.11.20. 책 읽는 사람들 독서토론 (『남아 있는 나날』,
　　　　　　가즈오 이시구로)

2017.11.30. 학이사독서아카데미 4기 수료식(학이사도서관)

2017.12.18. 책 읽는 사람들 독서토론 (『그리스로마신화
　　　　　　3』, 이윤기 번역)

2018.01.15. 책 읽는 사람들 독서토론 (『거꾸로 읽는 그리
　　　　　　스로마신화』, 유시주)

　　　　　　(2대 회장 : 강종진)

2018.01.19. 제1회 사랑모아독서대상 시상식 (대구출판산
　　　　　　업지원센터 다목적홀), (대상 : 민희은, 최우수
　　　　　　상 : 김준현, 우수상 : 허소희)

2018.02.26. 책 읽는 사람들 독서토론 (『욕망이라는 이름의
　　　　　　전차』, 테네시 윌리엄스)

2018.03.19. 책 읽는 사람들 독서토론 (『무정』, 이광수)

2018.03.26. 서평모음집·4 『文을 問하다』 출간

■ 학이사독서아카데미 연혁

2018.04.05. 학이사독서아카데미 5기 개강 (주강 : 문무학
          시인, 장소 : 학이사도서관)

2018.04.16. 책 읽는 사람들 독서토론 (『브람스를 좋아하세
          요』, 프랑수아즈 사강)

2018.04.23. 세계 책의 날 기념 행사 - '책으로 마음 잇기'
          (감명 깊게 읽은 책 교환하기)

2018.05.12. 지역 어린이를 위한 인형극 공연 - '러시아 지
          코프 인형극단' (학이사도서관)

2018.05.28. 책 읽는 사람들 독서토론 (『홍길동전』, 허균)

2018.06.06. 시민과 함께하는 문학기행 - 『무영탑』, 현진건
          현장을 찾아서 (경북, 경주)

2018.06.25. 책 읽는 사람들 독서토론 『고도를 기다리며』,
          사무엘 베커트)

2018.06.28. 학이사독서아카데미 5기 수료식(학이사도서관)

2018.07.16. 책 읽는 사람들 독서토론 (『춘향전』, 김광순 역주)

2018.08.20. 책 읽는 사람들 독서토론 (『호밀밭의 파수꾼』,
          샐린저)

2018.09.17. 책 읽는 사람들 독서토론 (『무진기행』, 김승옥)

2018.08.01. 제2회 사랑모아독서대상-서평 공모(18.11.20.까지. 주최 : 학이사독서아카데미, 사랑모아통증의학과. 후원 : 한국출판학회, 매일신문, 한국지역출판연대)

2018.10.15. 책 읽는 사람들 독서토론 (『폭풍의 언덕』, 에밀리 브론테)

2018.11.19. 책 읽는 사람들 독서토론 (『마당 깊은 집』, 김원일)

2018.12.17. 책 읽는 사람들 독서토론 (『설국』, 가와바타 야스나리)

2018.12.21. 제2회 사랑모아독서대상 시상식 (대구출판산업지원센터 다목적홀), (사랑모아 독서상 : 김용만, 한국출판학회장 독서상 : 김봉성, 학이사독서아카데미 독서상 : 손인선) (기업상 : 강경숙칠판, 건국철강, 롯데관광대구동구점, 북맨제책사, 성원정보기술, 스페이스&창, 승원종합

인쇄, 신흥인쇄, 연합출력독서상, 한일서적독
서상, 한터시티독서상, KNC독서상)

2019.01.21. 책 읽는 사람들 독서토론 (『눈길』, 이청준)

2019.02.18. 책 읽는 사람들 독서토론 (『지킬박사와 하이
드』, 로버트 루이스 스티븐슨)

2019.02.18. 책 읽는 사람들 제3대 배태만 회장 임명

2019.03.18. 책 읽는 사람들 독서토론 (『오만과 편견』, 제인
오스틴)

2019.04.04. 학이사 독서아카데미 6기 개강 (주강 : 문무학
시인, 장소 : 학이사도서관)